EL LAMENTO
DE LOS
INOCENTES

Título: *El lamento de los inocentes*

© Marcos Nieto Pallarés

2ª edición (revisada), junio de 2022

«El tiempo no es sino el espacio entre nuestros recuerdos».

Henry F. Amiel

Al amor de mi vida, Marta Martín Girón

ÍNDICE

La línea de luces que las farolas alargaban calle abajo, posibilitaba vislumbrar mi sombra sobre la acera. Cambiantes detalles como esa negra silueta, resultaban los únicos capaces de eludir a la realidad en mis recuerdos. Lo inamovible, lo que el transcurrir del tiempo no altera o erosiona lentamente, se mantenía en ellos con todo lujo de detalle. El tantas veces transitado camino de regreso a casa se perpetuaba en mi memoria desde la primera vez que lo recorrí; «fotografía» que en cualquier momento podía revisar, e incluso visitar. Poseía el don de volver a cualquier evento pretérito, espacio ocupado, instante remoto, para vivirlo de nuevo.

El interior de mis células cerebrales era un álbum de instantáneas vivientes. Rememoraciones que ayudaban a hallar donde otros no encontraban. Actuar en lo avistado tiempo atrás, me ofrecía grandes ventajas ante casos complejos.

De conocer mis facultades, muchos las atribuirían al fenómeno de la hipermnesia. Sin embargo, lo mío iba mucho más allá.

Pocos conocían mi secreto, y pretendía que así siguiera siendo. No podía permitir que me vieran como a un conejillo de indias.

El pasar de los años agudizó mi don, hasta el punto de obligarme a vivir entre dos mundos equidistantes: presente y recuerdos. Era capaz de acceder a mi memoria y seleccionar cualquier punto anterior. No obstante, en ocasiones mi cerebro actuaba por su cuenta. A veces, el simple hecho de quedarme pensativo propiciaba que la bobina de mi memoria retrocediera de improviso. Un hecho espontáneo podía remitirme sin previo aviso a episodios de una vida cumplida, convirtiéndome entonces en un mero espectador. E inmerso en los detalles de una nocturna Manhattan, al tiempo que cruzaba un paso de peatones ensimismado en sus anchas rayas, dos luces emergieron de la nada deslumbrándome hacia una indeseada evocación. Hacia tres impactos.

El primer estruendo lo reviví como acostumbraba: con todo lujo de detalle. Ante mí, el brillo cegador de los faros de un coche, una luna agrietándose como un copo de nieve al nacer y un capó doblándose como un agitado mar de metal. Luego fragmentos de cristal refulgiendo al tiempo que envolvían mi asiento, donde en realidad no reposaba mi espalda —yo estaba cruzando un paso de peatones, ¿recordáis?—. Un paquete de tabaco flotando cerca de la ventanilla del copiloto, colillas, plásticos, mi móvil volando a un centímetro del espejo retrovisor interior..., entretanto mis costillas parecían querer salírseme del pecho. No llevaba puesto el cinturón, así que era cuestión de tiempo que saliera despedido fuera del chasis. Solo tenía que aguardar dentro de aquel viaje al pasado.

De haber entrado por voluntad propia, me habría deleitado con los detalles. Sin embargo, de forma involuntaria, solo podía observar, solo revivirlo en primera persona.

Y, efectivamente, volé con la cabeza por delante.

Vino entonces el segundo impacto: mi cuerpo golpeando la dura calzada. Pero antes viví el tercero: un golpe emocional. Mientras surcaba la oscuridad de la noche, contemplé a la conductora del coche contra el que acababa de colisionar: su cara contra el volante, su cabello desmelenado impregnado en sangre... Estiré la mano en un acto reflejo intentando apartarla del volante que se le incrustaba poco a poco en la cabeza. Y al tiempo que yo planeaba a ras de un techo de chapa azul, ella moría.

—¡Eh, idiota! —gritó el imbécil que había estado a punto de atropellarme sobre un paso de peatones, asomado la cabeza por la ventanilla, expulsándome de aquel traumático recuerdo—. ¿¡Vas a quedarte ahí parado todo el día, anormal!?

«¿Casi te me llevas por delante, y... ¿Idiota? ¿Anormal?

»Acabas de triunfar, capullo».

Unos segundos para él; interminables y largos minutos para mí. Desde el centro de la señalización, todavía aturdido por el reciente, intenso e indeseado retorno al pasado, saqué mi placa y la alcé ante los faros del coche.

—Mierda —escuché de su conductor.

«Si. La has cagado».

—Apaga las luces —ordené aparentando seriedad; en realidad, disfrutaba del momento. Quizá volviera más adelante para saborearlo con detenimiento—. Baja y pon las manos donde pueda verlas.

El sujeto, de raza blanca, joven y alto, de no más de veinticinco años, apoyó las manos sobre el capó de su Maserati. Vestía una cazadora de cuero negra y un pantalón del mismo material, más pasado de moda que rezar en la mesa.

«El niño rico de papá va a aprender hoy una buena lección».

Empapelado el muchacho de arriba a abajo —con total merecimiento, sea dicho—, proseguí con mi noctívago paseo. De vez en cuando me dejaba seducir por mis capacidades —casi siempre un incordio—, y me valía de ellas para mirar sin usar la vista. Una especie de juego que practicaba con asiduidad para mantener mi mente en forma.

Avisté una calle limpia de transeúntes.

Cerré los ojos.

Anduve.

Y los recuerdos me llevaron a casa.

POUR MOI

Incapaz de dormir sin pasar antes por la red, miré el móvil tumbado en la cama: Facebook, Twitter, Messenger, WhatsApp... Esperaba encontrar algún mensaje de Rotze; el lugar de nuestro «intercambio» mensual de hija estaba aún por concretar.

Entrando en el correo se quedó la pantalla negra.

«Qué cojones... ¿Se ha apagado? —Pulsé el botón de encendido durante unos segundos—. Mierda. Lo que me faltaba».

De pronto, la pantalla destelló hasta cambiar del oscuro al blanco, y varias letras aparecieron sin orden ni concierto: una «y» en la esquina derecha; una «o» en el centro; una «e» abajo, a la izquierda...

«¿Un virus? No me jodas».

Tras danzar los caracteres negros sobre el fondo blanco, se unieron formando cinco nombres, un quinteto de asesinos que yo mismo había metido entre rejas:

Patch Pitt   Hank Griffith   Daylen Adams

Arty Kern   Steve Jarvis

13

«Esto no es un maldito virus —pensé sentado al borde de la cama, confuso—. ¿Me han *hackeado* el móvil?»

Cogí mi Glock de encima de la mesita de noche e instintivamente examiné la habitación con la mirada. Todo parecía en su sitio.

Noté que me vibraba la mano que no sujetaba mi nueve milímetros. Miré la pantalla del móvil: más palabras: «Tranquilo, detective, mi intención no es matarlo. Es la pieza final de mi puzle. Sin Jayden Sullivan mi existencia carecería de sentido. Mañana, aquí, a las 23:00 empezará el juego», leí al tiempo que una imagen aparecía durante una milésima de segundo, como si se tratara de un mensaje subliminal. Luego, una última y mosqueante frase: «Sé que es tiempo más que suficiente para usted».

El móvil se encendió con normalidad, como si lo hubiera reiniciado.

«Alguien me observa».

Miré a través de la ventana de mi habitación, pero solo pude observar luces y oscuridad; nada que no recordara de anteriores ojeadas. Rememoré entonces la centelleante imagen que acaba de ver en mi —ya sin lugar a dudas— móvil *hackeado*: una mujer llorando, maniatada y amordazada, sentada en una silla de metal en el centro de una estancia de paredes blancas. Sus llantos penetraron en mis oídos como un tsunami de desasosiego. No lo escuché realmente, pero lo sentí como si la tuviera delante. Su cara sucia, sus ojos azules, sus agrietados labios...

Un rápido vistazo que para mí representaba una instantánea eterna.

«"Sé que es tiempo más que suficiente para usted" —pensé entre el desconcierto—. Quien me ha jaqueado el móvil, conoce mi singularidad».

Marqué el número de teléfono del comisario.

Un tono.

Dos tonos...

—¿Jayden?

—Sí. Ha ocurrido algo y creo que deberíamos empezar a investigarlo de inmediato.

—Son las cinco de la mañana —se quejó—. Espero que sea importante.

—Lo es.

—Nos vemos en mi despacho, entonces. En una hora.

—De acuerdo.

Colgué.

La pantalla aún parecía mostrar a la joven maniatada. Ese tipo de imágenes se enquistaban en mi mente, y por mucho que lo intentara, no solía conseguir eludirlas. Presentía que durante semanas, se manifestaría en el momento menos oportuno. Hasta que otra peor la relegara a un rincón de mi mente.

Marqué otro número de teléfono.

15

—¿Qué ocurre? —Mi compañera sonó inquieta. Durante un instante solo escuché su voz. Conseguía hacerme vibrar con un simple susurro. La recordé, y con la mano que no sujetaba el aparato, acaricié su rostro: una ilusión creada por mi superdotado cerebro—. ¿Has bebido, Jayden?

Sonreí.

—No, Jo, no he bebido. —Se me escapó una risa ahogada—. Pero al parecer, un asesino quiere jugar al gato y al ratón conmigo.

—¿Qué? Mierda. Eso es...

—Sí. Mierda.

—¿Nos vemos en comisaría?

—Despacho de Carter.

—Bien. Salgo de inmediato.

—Allí nos vemos.

Incluso al mediodía, resultaba complicado avistarlo en las alturas, pero sus rayos ya despuntaban entre las cúspides de los rascacielos. Manhattan se desperezaba al son de frenazos, gritos, bocinas… Un matutino cantar gentileza de una diva urbana que nunca dormía. Crucé la calle sin mirar mientras observaba la matrícula de un taxi, que tuvo que disminuir de velocidad para no atropellarme.

«Dieciocho de febrero del año pasado, Roy Mounds —un tipo simpático—, carrera de 23,45 dólares —pensé entre bostezos—. ¿Cuántos taxímetros andarán por Manhattan cada día? ¿Cincuenta mil? ¿Casualidad? No. Más bien, mi condición crea contingencias que ayudan a toparme con situaciones como esta, hoy, a encontrarme de nuevo con el bueno de Roy Mounds. Todos se topan con casualidades así, pero la gran mayoría no las percibe».

De pronto, me vino a la cabeza un pequeño extracto del libro La insoportable levedad del ser, de Milan Kundera: «Solo la casualidad puede aparecer ante nosotros como un mensaje. Lo que ocurre necesariamente, lo esperado, lo que se repite todos los días, es mudo. Solo la casualidad nos habla. Tratamos de leer en ella como leen las gitanas las figuras formadas por el poso del café en el fondo de la taza». «No creo, sinceramente —medité ya sobre la acera—, que mi "reencuentro" con Roy contenga ningún mensaje oculto».

Cada apariencia se registraba en mi cabeza como música en la espiral de un vinilo. Podían pasar cien años, que de volver a encontrar a alguien, lo recordaba con total fidelidad. La historia de mi vida: conservarlo todo mientras casi nadie me conservaba a mí.

Entré adormecido en la comisaría.

—Buenos día, detective —saludó Marvin tras el mostrador.

—Hola. ¿Hoy toca "barra"?

—Lo que haga falta, señor —contestó efusivo al tiempo que efectuaba el saludo militar.

«Menuda alegría gasta el colega a estas horas», pensé mientras me disponía a subir las escaleras.

—¿Ha llegado Carter? —pregunté sin detenerme, habiendo ya iniciado el ascenso al primer piso.

—Hará cinco minutos.

—Gracias. —Le devolví el marcial saludo.

Le cedí parte de mi peso a la barandilla de madera oscura que día tras día me auxiliaba hasta la planta superior, sintiendo el roce del barniz en la palma de mi mano. El edificio tenía al menos cincuenta años, y muchos pedían instalaciones más modernas. Yo me dejaba seducir por su aroma añil, su techo abovedado, sus frisos decorados con motivos vegetales… Me gustaba el contraste de lo viejo y lo actual, su modernidad tecnológica cubierta por una carcasa madura.

«No me diferencio demasiado de estas instalaciones», cavilé tras pisar la primera planta.

Saludos con la mirada, el mentón o la mano a aquellos que iba encontrándome al avanzar entre las mesas. Guiño a Cindy, la rubia de grandes pechos; mirada juguetona a Lana, la morena de trasero respingón… Lo habitual cada mañana antes de alcanzar mi despacho. En dicha ocasión, el despacho del jefe.

Lo encontré trabajando —hombre diligente como pocos—, pulsando el teclado de su ordenador aparentemente ocupado. Alzó la vista al reparar en mi «intromisión».

—Estoy de curro hasta los… —lamentó mostrando unas pronunciadas ojeras—. Creo que acabará viniéndome bien el madrugón. Pero vayamos al grano. ¿Esperamos a Josephine o la pones luego al tanto?

En ese mismo instante, se abrió la puerta, y apareció la susodicha con un café y un cruasán entre las manos, vistiendo un traje oscuro y una camisa blanca.

—¿Ya estás comiendo? —No conocía mujer con más apetito—. ¿Y el mío?

—Es este, idiota. Mi café lleva un buen rato en esta panza.

—Se dio unos toquecitos en su plano estómago.

«No entiendo cómo se mantiene tan en forma con lo que zampa».

—¿Y la bollería?

—Eh…, no. La bollería es *pour moi.*

«Ya está otra vez con el dichoso francés».

—Ya me parecía a mí… —No pude evitar sonreír.

—¿Habéis dejado ya de hacer el gilipollas? —preguntó Carter más malhumorado de lo habitual—. ¿Podemos empezar?

Sorbí el delicioso café y, tras saborearlo, hablé:

—Han *hackeado* mi teléfono móvil y mostrado en él lo que parecía una mujer a punto de ser ejecutada, y por lo visto, quien lo ha hecho parece tener algún asunto pendiente conmigo. A parte de la imagen, me comunicó lo siguiente: «Tranquilo, detective, mi intención no es matarlo. Es la pieza final del puzle. Sin Jayden Sullivan, mi existencia carecería de sentido. Mañana, aquí, a las 23:00 empezará el reto».

—Joder —susurró Jo pegándole los últimos bocados al cruasán.

El comisario se levantó pausado y cruzó los brazos.

—¿Y qué nos dice tu intuición de detective?

—Que no es un farol. Todo resultó extrañamente veraz. O al menos, es la sensación que me dejó. Además, escribió el nombre de cinco de los peores asesinos en serie que he atrapado. Algunos de ellos ni siquiera se llegaron a filtrar a los medios. Esta vez, el «joder» se le escapó al comisario.

—Es la primera vez —aseguré meditabundo— que sucede algo así. He viajado por todo el país, donde se alargaban los casos, donde las pruebas brillaban por su ausencia, donde los malos cogían ventaja…, y nunca un homicida se puso en contacto conmigo.

Durante unos segundos, en la habitación reinó el silencio: tres mentes buscando la forma de actuar ante un acontecimiento tan inaudito.

—¿Qué sugieres? ¿Qué necesitas? —preguntó el comisario, que solía darme total libertad en las investigaciones.

—Para empezar, un *hacker* de los buenos. —Agité mi móvil ante la atenta mirada de mi compañera y mi superior—. Para continuar, un retrato robot de la muchacha; precisamos ponerle nombre. La imagen no se ha guardado en mi móvil. Lógico, por otra parte. Intenta no dejar rastro. No obstante, para investigar su huella digital sé a quién acudir. Y para finalizar, necesito que registren mi piso en busca de micros, cámaras… Parece evidente que controla mis movimientos. Que revisen también los edificios colindantes desde los que, con una visión térmica o un aparejo semejante, haya podido espiarme.

«Y esta semana tengo a Megan —recordé de pronto—. Mierda. Y no puedo, ni quiero, dejarla con su madre».

—Su siguiente paso, si lo da, abrirá nuevas vías de investigación —dijo Jo entretanto Carter anotaba mis demandas—. Ahora mismo tenemos pocas pistas, por no decir ninguna.

—Espero que se pronuncie esta noche, como ha prometido —dije meditabundo—. Si realmente ha secuestrado a una mujer... En fin. Si no vuelve a dar señales de vida, no creo que tengamos oportunidad de salvarla.

Mi compañera asintió con la cabeza mientras se mordía el labio inferior.

—Haré una llamada —dijo el comisario—, y en media hora tendrás aquí al mejor *hacker* de Nueva York. Mientras tanto, ve a ver a Scott, y ponedle nombre a esa mujer. Trabajaremos a destajo hasta las once. Espero que perdamos el tiempo, y todo acabe siendo una broma macabra.

«Ojalá. Pero lo dudo».

—Jo, ¿vamos a hacerle una visita a Scott?

—¿Sin desayunar? —Me guiñó el ojo—. Son las siete y media de la mañana, Scott todavía está pegando ronquidos.

Rememoraba sus ojos del color de una grisácea nebulosa antes y después de acostarme. Su pelo oscuro y a la vez rojizo, según se reflejara la luz en él. Su nariz de tabique fino, como la hoja de un florete. Sus gomosas y contorneadas orejas bajo un pelo corto y liso. Sus carnosos y rosados labios; más fino el superior, más grueso el que solía morderse cuando deseaba provocar a un hombre. La veía en todas partes desde que se convirtió en mi compañera, desde que me la regaló la vida. Pero ella no parecía verme. Me percibía como a un amigo, como a un colega. Y mi corazón, con el tiempo, se había aclimatado a amarla en silencio.

Cogí el teléfono y marqué el número de Scott.

—¿Sí?

—Te quiero en comisaría en media hora.

—¿Jayden? ¿Qué hora es?

—Hora de trabajar.

—Vale, tío.

Jo me miró de soslayo, negando con la cabeza.

—Cuando quieres, no hay tocapelotas que te supere.

—Sí, lo sé. Es una de mis mejores cualidades.

De pronto, me quedé reflexivo sin decir nada, mientras ella me miraba frunciendo el ceño.

—¿Pasa algo?

—Me ha llamado 'tío' ¡Tío! —dije de forma airada, al tiempo que Jo empezaba a esbozar una holgada sonrisa en su bello rostro—. La juventud ha perdido el respeto por todo. ¡Le arreo una colleja en cuanto lo vea!

—¿Quizá hubieras preferido que te tratase de usted?

Sabía dónde buscarme las cosquillas.

—Si me trata de usted, le pego un tiro —aseguré intentando, a duras penas, aparentar seriedad—. Un... ¡sí, señor! ¿Tan difícil es?

—La crisis de los cuarenta, sin duda —afirmó Jo sin dejar de sonreír. Y arrojó al viento un largo y sentido suspiro.

22

—No te burles, joder. Estoy muy sensible con el tema.

—No seas memo, anda, y vamos a desayunar.

Me guiñó el ojo por segunda vez. Parecía alegre.

«¿Nuevo ligue?».

—Vamos, sí. Necesito meterme café en las venas. Intuyo que hoy será un día largo.

LA SOLITARIA

—Qué —dijo encogiéndose de hombros sin dejar de masticar el segundo cruasán del día, en dicha ocasión, bañado en chocolate.

Negué con la cabeza.

—Nada, nada. Sigue.

—Entonces, ¿por qué me miras así?

«Para tocarte la moral».

—Así, ¿cómo?

—Lo sabes: como si estuvieras ante quien no tiene remedio.

—No hables con la boca llena, por favor. Y visita a un médico, anda, que te extirpe esa solitaria que te ronda las tripas.

—Tengo hambre, pelma.

—Creo que estaría mejor dicho «siempre tengo hambre, pelma», ¿no crees? Aunque la verdad: tiene buena pinta.

Juntó el dedo pulgar y el índice con los mofletes todavía hinchados.

—En fin —musité cansado—. Ten cuidado con la bollería, no es sana.

—Claro, papi. Y volveré temprano del baile de graduación.

Aunque sonriera, sus palabras no me hicieron ninguna gracia.

«¿Así me ves?».

—Y hablando de papás —dijo pensativa—, ¿no tienes que recoger hoy a Megan?

—Intentaré apurar la jornada al máximo. Todo este asunto me tiene mosqueado. Necesito saber más. Iré a por ella a última hora.

—¿Sabes, Jayden?

Me miró arrugando el entrecejo.

—No, no sé, compañera —contesté sintiendo sobre mis ojos el peso de mis párpados.

—Creo que tú también tienes la solitaria; pero en la cabeza.

«Y se alimenta de recuerdos —pensé mientras contemplaba el movimiento de sus labios—. Los almacena para saciarse con ellos cuando necesita mitigar su apetito de conocimiento».

No dije nada. Me levanté, anduve hacia la barra y pagué.

—Toma, para luego. —Tiré sobre la mesa un donut al tiempo que ella se levantaba—. Subamos, Scott ya habrá llegado.

—*Merci*, papi —agradeció con sorna.

De nuevo, sus palabras me sentaron como una patada en la entrepierna.

Solía cumplir lo que había prometido, aunque con el paso del tiempo lo prometido dejara de parecerme buena idea. Así que tal cual me coloqué sigilosamente al costado de Scott, le solté una colleja que, si bien careció de ímpetu, resonó por toda la comisaría.

—¡Joder! —exclamó girando el rostro en busca de quien le había soltado el manotazo—. ¿Y ahora qué he hecho?

—Llamarme 'tío' —contesté seco, tajante y serio. Escuché cómo Jo murmuraba algo a mi espalda, pero no la entendí—. Ahora, a trabajar: necesito un reconocimiento facial.

Scott asintió cariacontecido ante la pantalla de su ordenador, pero también aprecié cómo asomaba una tenue sonrisa por las comisuras de sus labios: sabía que en el fondo le tenía aprecio.

—Está usted de suerte, ¡*seeeeeñor!* Estrenará mi nuevo sistema de detección de rostros. Aunque en realidad es el mismo de siempre con varios añadidos que agilizan el proceso.

El agente más joven del cuerpo. Un genio friki adorable, pero también cargante como pocos. Vestía ropas anchas al más puro estilo rapero, y llevaba tres rastas que a mí, personalmente, me daban bastante asco. Pero bajo sus desaliñadas apariencias, se escondía un muchacho sin malicia.

Durante años, dediqué mis esfuerzos al estudio de la Kinésica, o lenguaje corporal, para usarlo como un refuerzo más a la hora de rastrear asesinos; los gestos, los movimientos o ademanes, pueden decir más que mil palabras.

«Unos ojos cualquiera no pueden detenerse en cada visaje, en cada mueca… —cavilé a su espalda—, leer la mentira y la falsedad oculta tras una expresión: divisar más allá de la piel. Él, Jo, Carter, Rotze, mi Megan, mienten. Pero lo que realmente importa es el propósito de dichos embustes. ¿Falsedad piadosa o maligna? He ahí la cuestión. —En un segundo, desfilaron ante mis ojos aquellos que compartían la vida conmigo, haciéndomela llevadera. Vi sus caras mirándome con cariño, dichosos e indolentes, seguros de desear estar a mi lado—. Ellos no engañan con vileza».

Los interrogatorios filmados solían provocar estados de defensa en los interpelados, que viciaban sus interpretaciones. Y ahí, la Kinésica caía en demasiados equívocos.

«Los gestos fortuitos —medité mientras Scott seguía preparando el «nuevo» sistema— resultan los únicos capaces de dar buenos resultados, mostrar indicios del comportamiento real de un sujeto y, lo más importante, de sus futuras intenciones: si miente o no; si sus palabras son veraces pero omite datos importantes; si inventa para proteger a un ser querido… Señales que en un primer vistazo pueden pasar desapercibidas, sí. No obstante, yo tengo el privilegio de revivir esos tics, aspavientos, movimientos de pupilas…, tantas veces como quiera. No es fácil mentir a Jayden Sullivan».

—La cara es el espejo del alma —dije en voz alta.

—¿Qué? —preguntó Jo, mirándome de soslayo.

—Nada. Ni caso. Pensaba en alto.

Me examinó como si estuviera ante un loco de remate.

—Me he basado en el procedimiento que utilizan algunos videojuegos para crear personajes —explicó Scott, obviando mi corto soliloquio, al tiempo que en la pantalla aparecía una cabeza en 3D rodeada de infinidad de opciones: cabello, nariz, pómulos, barbilla…—. Ahora, dígame alguien conocido a quien se parezca la persona que buscamos: uno de mis añadidos al proceso.

—A la protagonista de Piratas del Caribe —dije convencido mientras inspeccionaba mentalmente a la muchacha—. Pero no recuerdo su...

—Keira Knightley —dijo presta mi compañera

—Esa.

—Bien. —Scott tecleó el nombre de la actriz debajo de la figura en tres dimensiones—. Ahí tiene las bases, ¡*seeeeeñor*! Ahora, moldee hasta dar con ella. Intente aproximarse en lo posible, la computadora hará el resto. Vaya subiendo y bajando opciones, y verá cómo se ensanchan y disminuyen las facciones: le crece el pelo, le cambia el color de los ojos... Muy intuitivo.

Scott me cedió su silla y empecé a desestructurar los rasgos de aquella bella mujer con la intención de obtener los de otra muy parecida. Me giré hacia Jo, que me observaba en silencio.

—El *hacker* ya habrá llegado. —Me saqué el móvil del bolsillo y se lo entregué—. Que lo estudie, que intente rastrear a quien lo ha *hackeado*.

—Sé hacer mi trabajo, ¿de acuerdo? —refunfuñó—. Sabes cómo me repatea que me des órdenes.

—Disculpa. —Alcé las manos en un gesto conciliador.

Se marchó sin decir una palabra más. Yo, durante un breve instante, memoricé el suave contoneo de sus caderas.

«Tan dulce y a la vez tan arisca».

Elevando y descendiendo cejas, agrandando y empequeñeciendo labios, ojos, orejas…, reduciendo de un lado, borrando de otro, conseguí dar con ella; dupliqué el rostro que parpadeó en mi teléfono móvil como el mejor falsificador de arte.

—Ahí la tienes, Scott —dije entretanto le devolvía su asiento.

—Pues ahora —dijo ya sentado—, que las bases de datos hagan el resto. —Alzó el dedo índice como Moiséis su bastón ante el Mar Rojo, y lo dejó caer cual guillotina dispuesta a cercenar la tecla *enter*. Tras aguardar unos segundos, en la pantalla apareció un nombre y una fotografía real—. Alison Avner, veintiséis años. Denunciaron su desaparición hace trece días. Es de aquí, de Nueva York.

«Pistoletazo de salida».

—Apunta su dirección. Habrá que hacerles una visita a sus padres. —Golpeé, esta vez con suavidad, el hombro derecho de Scott—. Buen trabajo, colega.

Me devolvió el gesto alzando el pulgar.

UNA HORA MÁS TARDE

La encontré ante las escaleras, mohína, seria en exceso.

—¿Qué tal con el *hacker*?

—Está más limpio que una patena —afirmó, devolviéndome el móvil—. Nuestro hombre ha borrado todo rastro. Según el entendido, es un experto en la materia. Parece que seguirá enviándote «recados» de forma impune.

—Un camino se cierra; otro se abre —medité en voz alta—. Tengo el nombre y la dirección de la chica: Alison Avner, veintiséis años, desaparecida hace trece días. Siguiente paso: interrogar a sus padres.

Cuando mis pies habían descendido apenas tres peldaños, escuché la voz de mi compañera.

—Espera. No es todo —dijo bruscamente desde la «cima» de las escaleras—. Mira el teléfono.

Lo saqué de mi bolsillo —ni siquiera me había dignado a inspeccionarlo—. Al hacerlo, vi un mensaje sobre un fondo negro: «Usted y yo. Cualquier intromisión provocará su muerte. El gran Jayden Sullivan es mi único destinatario, y nadie más».

Elevé la mirada y la fijé en sus ojos. La vi preocupada. «¿Por mí o por la joven?». Supuse que por ambos. Y sentí un escalofrío que se paseó por mi espalda, estremeciéndome.

«No os quiero aquí, alejaos, marchaos a otra parte, malos augurios».

«Lo ideal —reflexioné tras la estela de Jo— sería desconocer cualquier dato de la muchacha. Negarme a examinar el interior de sus armarios, cajones, álbumes de fotos, blogs de notas… Lo que estoy a punto de hacer. Lo perfecto sería no empatizar: un deseo que no va a cumplirse. Y sé, que tras revisar sus posesiones más personales, el apego se adentrará en mis sentidos y el sufrimiento, si se consuma lo peor, se magnificará en mi persona. Ventajas e inconvenientes de un don que, por algún motivo que desconozco, se me ha concedido a mí. Es una ayuda funcional, de eso no cabe duda, pero también un obstáculo emocional».

Las once y siete minutos de la mañana. No podía dejar de mirar el móvil atraído por la posibilidad de encontrar otro mensaje del hombre que me había arrastrado a la Octava Avenida: calle en línea más larga de Manhattan, siempre atestada de tráfico, que por lo general fluctuaba dirección al norte de la ciudad.

Entonces no lo aprecié, pero allí empezó —en dos ocasiones—, el verdadero reto.

ESCENARIOS PERPETUOS

—Nada de datos innecesarios —rogó Jo ante el alto edificio—. No quiero darles esperanzas cuando su hija tal vez muera esta noche.

—Haz tú las preguntas. Yo me limitaré a inspeccionar.

—Como siempre, entonces.

—Como casi siempre —maticé al tiempo que pulsaba el botón del interfono.

—¿Sí? —contestó una voz femenina, débil.

—Detectives Cassidy y Sullivan.

—Suban. Les estábamos esperando.

El color ocre y el amarillo pálido le otorgaban al gran salón una atmósfera luminosa y sosegada, contrastando con la tristeza y la angustia que exteriorizaba el matrimonio Avner. Nada fuera de lo común en casos de dicha índole: marcadas ojeras, patas de gallo, miradas perdidas, y mucha pena reflejada en los ojos.

Mi hija Megan se presentó sin cita previa en mi subconsciente; nunca fui capaz de sortearla en momentos como aquel. Su rostro se reflejó en el brillante y atildado parqué. Parecía que caminábamos sobre un mar de aguas tostadas. Una habitación que exteriorizaba el poderío económico de los Avner y que, de forma superficial, ya estaba almacenada en mi mente.

«El amor es tan poderoso —medité entretanto Jo se sentaba en un gran sofá beige y ellos en dos butacas a juego—, que lo podemos sentir incluso por alguien que ya no existe o nunca hemos tocado: por un hijo cuando apenas es un minúsculo feto; por alguien que ya se ha ido. —Empezó el interrogatorio mientras yo observaba inmerso en pensamientos—. ¿Cómo comprender el dolor que inflige la pérdida de un hijo? La única forma sería ponerse en la piel de los que ahora contestan preguntas. Dios me libre de entenderlo».

Me imaginé paseando por una especie de paraíso. Megan, Rotze, Joe, Lara, mi madre, mis sobrinos…, todos a mi lado. Los pequeños perseguían mariposas y los mayores observaban sonrientes la belleza que nos envolvía. Un cielo surcado por estorninos que pintaban el azul de hermosas figuras cambiantes. Pero de pronto, todo se difuminaba: los dibujos alados, las nubes, las verdes copas y marrones troncos de los árboles…, incluso ellos. Me quedé solo en el centro de una nada que se fundía en fuego. Las llamas, rojas y negras, poco a poco se me adherían al cuerpo abrasándome la piel, desollándome hasta dejarme en los huesos.

«¿Por qué cojones estoy pensando esto? —pensé mientras las preguntas y las respuestas seguían de telón de fondo—. Ponte a trabajar, leches».

—Disculpen —interrumpí—. ¿La habitación de su hija?

El padre, Austin, me miró fijamente a los ojos y habló con voz ronca:

—Por supuesto, agente. A su espalda. La puerta amarilla. Haga lo que deba, solo queremos que vuelva. Aunque debo decirle que ya la registraron en su momento.

«Lo sé».

Alison Avner, chillando e implorando entre lágrimas, apareció al lado de su padre como un fantasma perdido entre el mundo de los vivos y el de los muertos. La pude ver tan nítidamente como a él, e incluso apreciar el parecido entre ambos, captar su dolor, su pena, su frustración.

«Maldito don de los cojones... —pensé ante la puerta del dormitorio, pomo en mano—. Somos como un condenado matrimonio: para lo bueno y para lo malo, hasta que la muerte nos separe».

Un armario a la derecha, empotrado; una amplia cama de edredón grana sobre la que reposaban dos cojines y un oso de peluche; dos mesitas a sus lados de tres cajones, y un chifonier de siete más alejado, a la izquierda de una ventana que dejaba ver la calle, el movimiento de vehículos y transeúntes sobre arcenes y aceras.

El guardarropa no reveló nada inusual: vestuario y calzado. Las mesitas, sostenes y tangas, una caja de analgésicos, varias pinzas de plástico, un boli y una libreta. Pasé sus sesenta páginas ante mis ojos. Invertí un escaso segundo en cada una de ellas; un escaso minuto para toda la libreta. En el chifonier hallé medias y calcetines, un pequeño joyero vacío y un álbum de fotos de veinte páginas con cuatro instantáneas cada una: veinte segundos invertidos en guardarlo en mi disco duro. Antes de dar por

35

concluida la retención de datos, miré debajo de la cama, detrás de cada mueble y encima del armario.

«Cero —cavilé desde el umbral de la habitación, echando un último vistazo—. Aunque cierto es, que las pistas suelen esconderse la primera vez. Pero en principio, y a falta de reexaminar escritos y fotografías, nada. Buscaré esta noche con más detenimiento, antes de la importante cita».

De pie, conversando ante la puerta de salida, encontré a Jo y a los recién interrogados. Al verme, mi compañera se dirigió a mí:

—Está todo.

—Bien. Entonces podemos irnos. También he terminado.

Me acerqué a los Avner y les estreché la mano. Jo hizo lo mismo.

—La buscaremos. Haremos lo posible para encontrarla.

—Gracias, agente. —Por primera vez, Rose se dirigió a mí—. No podemos soportar más esta incertidumbre.

«¿Mejor saber o guardar esperanzas? —pensé mientras andaba hacia el ascensor—. Vivir con la ilusión de un reencuentro o saber la verdad, que en estos casos acostumbra a ser hiriente. Supongo que varía en cada ser, en cada forma de ver la vida. Para mí, la esperanza no es más que un sistema defensivo de la existencia. La utiliza para darnos un motivo por el que seguir. Aun así, yo prefiero el dolor a una eterna incertidumbre. El tiempo es capaz de curarlo todo, o al menos de mitigar muchos padecimientos; sin embargo, no puede sanar lo que el corazón ignora».

—¿Qué has averiguado? —pregunté mientras Jo llamaba al ascensor.

—Que era una muchacha normal y corriente. Según ellos, llevaba una vida sana: deporte, estudios, viajes, amigas... No parecía estar perturbada por nada ni nadie.

—¿Crees que la eligió al azar?

—Lo creo. —Asintió segura al tiempo que se abría la puerta doble de metal—. Y tú, ¿has encontrado algo?

—Nada extraño. Basándome en sus enseres y en el aspecto de su cuarto, parece una chica ordenada, limpia y en apariencia, digamos..., una rica del montón. Tampoco creo que pasara demasiado tiempo en su habitación. Dormir y poco más. Los jóvenes de hoy en día no paran quietos.

—A estas alturas, aparte de esperar a tu cita de esta noche, no veo que podamos hacer mucho más, ¿no? Estando tan cerca tu reunión con el secuestrador y teniendo tan pocas pistas...

—Eso parece. Hablaré con el secuestrador e intentaré sonsacarle información, entender sus motivaciones.

—No queda otra.

—¿Vamos a comer? —Aceptó mi propuesta alzando el pulgar—. Luego echaré una cabezada e iré a buscar a Megan. Debo estar lúcido y descansado. Envíale un mensaje al jefe y dile que aguardaremos a la videollamada. He de hablar a solas con él, o me temo que cumplirá con sus amenazas y matará a Alison. Es una estupidez seguir interrogando a familiares y amigos cuando ya se hizo en su momento. Por eso te encargarás de hablar con los agentes que tratan de encontrarla.

—Claro.

Asintió aunque sabía que no le gustaba recibir órdenes. Pero yo era su superior y debía acatarlas sin rechistar. Y aunque no siempre lo hiciera, yo no podía evitar consentírselo casi todo.

MI VIDA Y CONFIDENTE

Me arropé e intenté conciliar el sueño. No lo conseguiría sin antes concluir lo que había iniciado en el dormitorio de Alison Avner. Así que empecé por la libreta. Encontré apuntes de matemáticas y varios poemas que me parecieron bastante interesantes. Recordatorios sobre citas, cumpleaños... «No encontraré nada. La eligió al azar, seguro». Continué con el álbum de fotos, recreándome en la belleza de la joven, en su esbelta figura. «Es guapa. No cabe la menor duda. —Un mal presentimiento erizó el vello de mi nuca—. Espero que su secuestrador no sea un depredador sexual». También di con fotografías suyas en celebraciones, en la playa, en una discoteca, en varias fiestas... Un acervo de instantáneas rebosantes de bienestar.

«La felicidad puede truncarse en un instante —pensé relajado, cómodo—. Andar por el lugar equivocado en el momento más inoportuno. ¿Destino? ¿Casualidad? ¿Decisiones? Vete tú a saber».

La vi sonriente sobre aquella silla de metal. Como si estuviera al pie de la cama. Instantes bien diferenciados de una misma existencia: la felicidad que respiraba aquel álbum de fotos y la pena que mostró mi móvil aquella misma madrugada.

39

«Hoy nos cobija la fortuna y mañana nos apresa la fatalidad».

En posición fetal, sentí cómo el sopor se adueñaba de mi cuerpo. Por una vez, el cansancio me ayudó a apartar los recuerdos, concediéndome unos instantes de tregua: un descanso que necesitaba como agua de mayo.

Tras la reconfortante cabezada, marqué el número de Rotze sentado al borde de la cama.

—Dime.

—Voy a buscar a Megan, ¿está contigo?

—Sí, Jay.

—¿En casa?

—Sí.

—Pues voy para allá.

—De acuerdo.

Subí a mi Mustang y conduje rumbo al que fue mi hogar durante casi una década.

Me sentía revitalizado, pero asimismo bajo una extraña sensación de culpa, de haber estado perdiendo el tiempo. No obstante, el tiempo no sirve de nada cuando no se tiene con qué ocupar. Lo que más odiaba de mi trabajo era no tener una pista fiable que seguir, un camino que recorrer hasta alcanzar un fin; permanecer de brazos cruzados me agriaba el ánimo. La tranquilidad me invitaba a reflexionar, y eso no me sentaba nada bien. Debido a lo escabroso de mi profesión, los malos recuerdos superaban a los buenos, y se filtraban en mi mente al mínimo despiste. Mantenerme ocupado reducía las posibilidades de adentrarme en un lacerante *flash back*.

Sumido en pensamientos llegué a mi destino. Megan me esperaba en la puerta, risueña como siempre. Entró y me dio un beso en la mejilla, se abrochó el cinturón y miró cómo su madre se acercaba al coche.

—Hola, papá —saludó sin ni siquiera mirarme.

—Hola, fea.

—Feo tú.

—Tú más.

—Tú feo y viejo.

—Ahí te has pasado tres pueblos —reproché desenfadado—. Eso ha sido un golpe bajísimo.

Se encogió de hombros.

—¿Quién ha empezado?

Sonreí al tiempo que Rotze se inclinaba y apoyaba su peso en la ventanilla, dejándome entrever sus hermosos pechos. La desvestí sin darme cuenta y noté cómo tenía una espontánea erección.

—¿Cómo va, Jay? —preguntó, mascando chicle como una quinceañera.

—Tirando.

—Tu hija quiere ir a París con unas amigas. —Señaló a la susodicha con el mentón mientras esta gesticulaba burlona y

41

susurraba «bla, bla, bla...»—. Sé que va a intentar convencerte, así que te pongo sobre aviso.

—Gracias. Y si no hay más avisos, me voy.

—Pasadlo bien.

Se giró y contoneó su cintura mientras yo la veía alejarse desnuda de arriba abajo.

—¡No le mires el culo a mamá, salido! —me regañó Megan guasona. Y rio como solo a su edad se puede reír: exenta de preocupaciones.

—Calla, fea.

Megan tenía la capacidad de hacerme ver el mundo de otro color. Podría decirse, que a su lado siempre me invadía el buen rollo.

«Ojalá pudiera tenerla siempre conmigo».

—¿Vamos a entrenar esta noche? —me preguntó.

—¿Te apetece? ¿Cuerpo y mente?

—Sí. Cuerpo y mente.

—Bien. Pero antes de las once has de encerrarte en tu cuarto. Cosas del curro. No preguntes.

—De acuerdo. Y mañana ya hablamos de París, ¿no?

—No me vas a liar.

—Eso ya lo veremos.

—Empezaremos por el cuerpo —le expliqué nada más poner el pie en el cuarto de entrenamiento.

Como tantas otras veces, Megan se vendó las manos, se colocó los guantes de boxeo y se vistió para la ocasión. Me coloqué detrás del saco y le hablé, también, como en tantas otras ocasiones:

—Ya lo sabes: tu propósito no es necesariamente dejar KO, sino zafarte de tu agresor. Tu meta es sobrevivir cuando no hay más remedio que atacar. Por lo tanto, golpes secos, fuertes, sin temor al cansancio; el fondo no es determinante.

Mientras ella golpeaba el saco con piernas y brazos según mis indicaciones —*low kicks*, patadas laterales y circulares, *crochets*, directos...—, yo pensaba en mis miedos.

«Si le hicieran daño, si me la arrebataran... Cualquier desalmado podría usarla para vengarse de mí —cavilé mientras observaba cómo el sudor asomaba por su frente—. Y son muchos los criminales, incluidos sus amigos y familiares, los que me tienen tirria. La haré fuerte y rápida, inteligente, para que llegado el momento —Dios quiera que nunca se presente—, sepa combatir la maldad que nos destruiría a ambos».

Del Kick Boxing pasamos al Hapkido, artes de las que tenía el cinturón negro, y practicamos durante hora y media.

—¿A la ducha y seguimos con la mente?

—Claro —contestó jadeando como una parturienta.

—He escogido un periódico al azar —le dije estando ella ya limpia y acicalada, con el pijama puesto—. Vas a mirar una página y a memorizarla. Esperaremos un minuto y luego la leerás con los ojos cerrados, ¿de acuerdo?

—De acuerdo.

Abrí el Times a un palmo de sus ojos.

—¿Al azar? —dijo asomando por encima del papel—. Menudo morro tienes, papá.

—Calla y lee.

Refunfuñó algo que no entendí y recorrió el escrito con la mirada. Línea a línea. Sus pupilas desfilaron de izquierda a derecha una y otra vez, sobre cada palabra, hasta terminar el artículo central del rotativo.

—Sesenta, cincuenta y nueve, cincuenta y ocho... —Descendí hasta culminar un minuto—. Cero. Empieza.

—El prestigioso detective Jayden Sullivan —recitó de memoria y a regañadientes— fue condecorado el día de ayer, dieciséis de octubre, con la Medalla al Honor Policial por sus múltiples resoluciones en casos de extrema dificultad...

«Me encanta el inicio del artículo. —Me regodeé mientras escuchaba su dulce voz—. A ella también le gustaba, si bien le molestaba admitirlo. Sé que sientes orgullo de tu padre, majadera».

Sonreí.

«Leyó» la noticia de principio a fin.

Cerré el diario y lo guardé como oro en paño.

—¿Qué tal? —preguntó expectante.

—Para ser una memorización pura y dura, bastante bien. Has cometido tres errores sin importancia. Al final me mencionan dos veces como Sullivan a secas y tú has añadido mi nombre. Y también, en las últimas dos líneas, a «uno de los detectives de policía más condecorados de la historia», tú has dicho «uno de los detectives de policía más atontados de la historia».

Megan se desternilló sobre su silla.

En aquel momento, mientras la contemplaba reír sin aprensión alguna, consideré que había llegado el momento de confesarle lo que tantos años deseaba compartir. Volví a por el periódico y se lo entregué de nuevo.

—Solo sigue lo que voy a leerte —le indiqué. Y lo abrió—. Primeras cuatro líneas. Escúchame: datlucifid amertxe ed sosac ne senoiculoser selpitlúm sus rop...

—¡¿Qué dices?! —preguntó, cortando mi locución.

—Leo al revés. Y podría hacerlo con todo el periódico, de arriba abajo y de abajo arriba, sin dejarme ni una coma.

—¿Qué?

—Has heredado mi don, es cierto, pero no a mi nivel. Es hora de que conozcas mi verdadero potencial.

»¿Sabes cuando te quedas absorto en un pensamiento y el mundo parece desaparecer, quedar en un segundo plano? —Asintió embebida por mis explicaciones—. Pues si eso me ocurre a mí, no controlo mis capacidades, conduciéndome estas a lugares que en muchas ocasiones desearía haber olvidado. En cambio, si accedo a ellos conscientemente, puedo dominarlos; me convierto entonces en amo y señor de ese instante. Detener, ralentizar, acelerar, voltear, rebobinar..., gobierno el espacio y el tiempo de ese pedazo de vida pasada. —Asintió de nuevo con la cabeza al tiempo que yo cerraba los ojos—. No necesito

45

moverme de esta silla para navegar por esta habitación. —Surqué la estancia mentalmente y me acerqué a una fotografía enmarcada dentro de la, digamos, alusión al ayer, donde Megan aparecía risueña en bañador. La «cogí»—. Ahora mismo tengo en mis manos tu fotografía en la playa, la que está encima de la mesa, y puedo verla como si fuera un objeto tangible, aunque en realidad no es más que una visión concebida. En su momento la gravé por todos sus ángulos en mis células cerebrales, para de ese modo mantenerla almacenada hasta mi muerte. Pero si te levantaras y la rompieras, yo seguiría viéndola en mi mente de una pieza. —Me señalé la sien derecha—. ¿Comprendes? No puedo retroceder ni interceder en el pasado, solo viajar a lugares o sucesos vividos tal cual la vista los registró.

Megan me miró con un gesto exagerado, absolutamente extasiada, boquiabierta…

—¡Eres un puto X-Men! —exclamó con las manos en la cabeza.

—Esa boca, hostia puta.

—Lo siento. Pero es que… ¡Es alucinante! Sabía de nuestras aptitudes, pero tú estás a otro nivel. —Se frotó el mentón pensativa—. Voy a ponerte un nombre a lo Magneto. ¿Mémori?

—Tener hijos para esto —murmuré negando con la cabeza.

«Se lo toma todo a guasa. Dulce juventud».

—Tranquilo, papá, digo, Mémori: tu secreto está a salvo conmigo.

Lo intenté. Juro que lo intenté. Pero no pude contener la risa.

«Ha heredado mi espontaneidad y maravilloso sentido del humor».

Con Megan ya «confinada» en su habitación, miré la pantalla de mi móvil: las once menos diez; diez minutos que se hicieron eternos. En el segundo exacto, la pantalla se oscureció y en letras mayúsculas, otra vez, apareció un mensaje: «ENCIENDA EL ORDENADOR, DETECTIVE».

ORGANIZADO E INCLASIFICABLE

Encendí el portátil nervioso, temiendo lo que podía encontrarme. En un principio no me percaté de nada extraño: mismo escritorio de siempre. Pero al fijarme con detenimiento, hallé lo que sin duda debía ver: el icono de un lobo denominado «ASESINO EN SERIE». Aspiré profundamente por la nariz mientras mi corazón palpitaba desbocado, y solté el aire por la boca al tiempo que clicaba sobre la siniestra imagen. Apareció Alison Avner sobre una silla metálica, amordazada, atada de pies y manos a las abrazaderas y patas del asiento. La hallé como tiempo atrás, en torno a cinco paredes blancas. Solo ella ante mí, quieta.

«Ni siquiera tiene fuerzas para suplicar clemencia; ha perdido toda esperanza».

—¿Hola? —escuché. Una voz alegre, festiva, casi ridícula. Y apareció ante la cámara un hombre llevando una careta de lobo—. Buenas noches, detective.

»¿Se le ha comido la lengua el gato? —preguntó alejándose, sentándose en el suelo cerca de su víctima. Lo dejé hablar, a la espera de que dijera algo revelador—. Me presentaré para ir rompiendo el hielo, ¿le parece? Soy el Lobo Feroz, y soy un asesino en serie. ¿Quiere hacerme alguna pregunta?

«Se autoproclama 'asesino en serie'. Curioso».

Vestía tejanos negros y una camisa del mismo color. Sus gestos me llevaron a deducir que estaba observando a un hombre seguro de sí mismo.

—¿Por qué? —contesté impasible, fingiendo estar calmado.

No ver su rostro me irritaba. Debía centrarme en estudiar sus movimientos. No dejaba de gesticular, hacer aspavientos, sentarse y levantarse...

—No defrauda, detective. Todo en una misma pregunta. Al grano, sin medias tintas. —Asintió de forma exagerada mientras se ponía de pie—. Me gusta. ¿Sabe cuántos tipos de asesinos en serie existen según el FBI? Claro que lo sabe. ¿Puedo hablarle de usted?

«Es un puto ególatra, se ve a la legua —pensé mientras contemplaba los pausados pestañeos en el rostro de Alison—. Un tarado que se jacta de serlo».

La Kinésica me dejó entrever que decía la verdad, o en todo caso, que creía decirla a pies juntillas.

Accedí a su petición. Sabía que me estaba observando. Y sí, lógicamente sabía que existían dos tipos de asesinos en serie: organizados y desorganizados.

Se acercó al objetivo y susurró:

—¿Qué clase crees que soy yo?

—Organizado —dije, grabándolo todo a conciencia en mi mente con el fin de encontrar pistas en futuras revisiones.

—¡Bingo! Y ahí se acaban las etiquetas. Mis motivaciones son inclasificables. No sufro delirios. No escucho voces que me alientan a matar o creo ser la reencarnación de... ¿Hitler?

Tampoco creo llevar a cabo ninguna misión que comprometa librar al mundo de personas «indeseables». Ni siquiera busco el placer en mis actos, más allá del que me otorgará salir indemne de ellos. —Le escuché pensativo, dejando que se explayara, mientras se acercaba y distanciaba de la cámara que grababa sus nervudos movimientos—. Te preguntarás cuál es mi finalidad, ¿cierto?

—Cierto.

—Ser recordado como el mayor asesino en serie de la historia.

«Su debilidad reside en su prepotencia, en creerse incapturable. Si algo he aprendido de mis múltiples casos resueltos, es que los errores aparecen cuando también lo hace la presión. Llegado el momento, debo irritar al lobo. Pero con temple: una vida está en juego».

—Para mí, el número uno es... —continuó, alzando impetuoso el dedo índice—: Jack el Destripador. Descrito como un ser inteligente, eficaz, burlón, astuto, frío y obsesionado con el crimen. Jamás fue capturado. —Se encogió de hombros—. John Wayne Gacy Jr., el Payaso Asesino, condenado a veintiún cadenas perpetuas y doce penas de muerte por treinta y tres asesinatos. Paradigma de ciudadano ejemplar, buen marido y trabajador, elegido «hombre del año» en Chicago, payaso voluntario en hospitales y orfanatos que llegó a postularse como concejal, aunque perdió las elecciones y no le sentó demasiado bien: su rival político fue una de sus víctimas, aunque sobrevivió. Solía recoger a jóvenes autoestopistas o prostitutos para secuestrarlos y llevarlos a su casa. Allí los violaba y torturaba sexualmente para después matarlos y enterrarlos en su jardín, donde se hallaron veintitrés cuerpos. El lugar se le quedó pequeño, aunque nunca dejó de aprovecharlo para celebrar las mejores fiestas del barrio con cientos de invitados que notaban el mal olor de los cadáveres. Wayne lo justificaba por las filtraciones de un vertedero cercano; su mujer siempre creyó que la peste provenía de las cañerías. Cuando iba a ser ejecutado, gritó entre risas: «¡Besadme el culo! ¡Nunca encontraréis a las demás víctimas! —El Lobo se puso las manos sobre la cabeza, o más bien, sobre la careta. «¡Este estaba como una puta cabra!», exclamó, y prosiguió con sus explicaciones—. El Abuelo Asesino, que actuaba bajo un cuadro de sadismo, masoquismo, castración, pedofilia, coprofagia, fetichismo, canibalismo... Realizó todo tipo de perversiones a más de cien niños, matando a quince de ellos. Secuestró a uno y tras flagelarle, le cortó las orejas, la nariz, los ojos, le abrió el vientre y se bebió su sangre, siendo por ello conocido también como el Vampiro de Brooklyn. Lo condenaron a la silla eléctrica, cosa que le entusiasmó. —Se acercó a Alison y le acarició el pelo; ella tembló con el terror marcado en su rostro, y miró a su secuestrador con el rímel corrido hasta mancharle los labios—. Tres ejemplos que han pasado a la historia por un motivo u otro: número de muertes, doble vida, brutalidad... —Se detuvo un instante, inspiró por la nariz como si regenerara fuerzas y exhaló largamente por la boca—. ¿Todo bien, Jay? ¿Me sigues? —Asentí con la cabeza. Serio. Concentrado—. Bien. Continúo, entonces. Nada comparable a lo que yo he preparado para ti. A mí se me idolatrará por el buen hacer y la inteligencia. Mi legado será la obra que está por venir: la mayor y mejor maquinada de todos los tiempos. —Debo admitir, que su retórica embelesaba y, aunque maléfica, resultaba entretenida; el tiempo pasó volando entre explicaciones—. Lo que he tramado es casi imposible de adivinar, algo que solo una mente brillante, centrada durante años en un mismo propósito, puede conseguir. Pero como digo, es casi imposible de adivinar. Casi. Y ahí es donde has de arrojar tus esperanzas, detective: en el hecho de que nada es imposible.

«¿Sabe de mi singularidad y se atreve a jugar conmigo? Muy seguro estás, hijo de perra. Fallarás y yo no obvio errores. Quizá una vez; jamás dos. Es hora de empezar a tensar la cuerda».

—No dejas de hablar de una prueba, de una competición.

—Me tomé la libertad, al igual que hacía él conmigo, de tutearle—. ¿De qué trata? Y, ¿por qué darme la oportunidad de salir victorioso? Si tu plan es tan perfecto, ejecútalo sin más».

—No… Debo vencerte, escapar de las garras del más grande y de su poder oculto. Todo lo que aquí acontezca se filtrará al mundo. La red rebosará nuestra historia y los noticiarios no hablarán de otra cosa que del Lobo Feroz, que para entonces ya gozará de nombre y apellidos. Se acerca tu debacle en pos de mi encumbramiento como el mayor homicida de la historia. Pero no sería una competición justa sin equidad de condiciones, ¿verdad?, y yo te saco años de preparación. Por eso te dejaré pistas. Me tendrás cerca. Tanto, que incluso conversarás conmigo, sin saber, obviamente, que hablas con el hombre al que das caza. Divertido, ¿no te parece?

«Poder oculto. Conversarás conmigo…»: sus palabras no dejaban de resonar en mi cabeza.

—Entonces, ¿solo buscas notoriedad? No me parece el objetivo más original del mundo, la verdad.

—No te equivoques, detective: busco eternidad. Sé lo que soy y lo acepto, pues no puedo ser otra cosa. Y por ello seré recordado.

Se sentó sobre el regazo de Alison, que aguantó su peso sin agitarse demasiado.

—Dentro de veinticuatro horas la ejecutaré. —La joven no soportó la presión y gritó tras la mordaza que evitaba que escucháramos sus lamentos, agitándose desesperada debajo de quien prometía matarla—. Y a ella la seguirán cuatro mujeres más; una al día, día tras día. Mañana, antes de su muerte, volveremos a hablar. ¡Y he preparado una sorpresa de lo más espectacular! Pero antes de despedirme, te daré tres consejos: no busques más allá de estos encuentros; no pierdas el tiempo investigando a mis futuras víctimas, no hallarás nada; y no te atrevas a acudir a nuestra cita acompañado, o pagarás las consecuencias. Si cumples con tu parte, yo cumpliré con la mía. ¡A la misma hora!

—¡No! ¡Espera!

El portátil se apagó.

Me observé gritando en su pantalla negra.

Un reflejo oscuro, como sospechaba que serían las horas venideras.

Suspiré con la extraña sensación de estar acumulando gaseosos interrogantes en mi estómago. Mi cuerpo deseaba expulsarlos con una sonora flatulencia, pero no podía. Las preguntas danzaban por mis tripas como un alimento caducado. Andar sin rumbo me destemplaba. Corrí al servicio y vomité;

unos líquidos que dejaron acidez en mis dientes. Y oí de nuevo el clamor de mis entrañas, alteradas como nunca.

«¿Cómo es posible que conozca mi don? —me pregunté de rodillas ante el retrete, mirando los hilos que todavía regurgitaba—. ¿Lo conoceré? Necesito un especialista que me asesore; toda ayuda es poca. He de meterme en su mente y sonsacarle información sin que se dé cuenta».

Sabía a quién acudir: Sam Baker: psicólogo, psiquiatra, psicoterapeuta y psicoanalista: eminencia en lo referente a la mente humana, en especial, las «averiadas».

También sabía que aquella noche no conseguiría dormir; bien poco importaba el cansancio acumulado. Tras lo sucedido, solo un hecho lograría que se apaciguara mi mente: revivir lo acontecido una y otra vez en busca de señales ignoradas. Cerré los ojos —me ayudaba a visualizar—, y me dispuse a conversar de nuevo con el Lobo Feroz.

«Sondearé cada palabra, cada gesto, cada detalle… Indagaré en las menudencias y hallaré un indicio que me lleve al éxito —pensé experimentando leves mejorías en mi estado anímico, convencido de la eficiencia de mis capacidades—. Al principio todos se creen más listos que yo, pero al final todos acaban sucumbiendo».

—¿Hola? —escuché por segunda vez aquella noche. Y reapareció ante la cámara la «bestia» que debía cazar—. Buenas noches, detective.

LÍNEAS QUE REVELAN

—¡Vamos, dormilón! ¡A desayunar! —oí tumbado en la cama.

«Habrá que levantarse o volverá atizando con el matamoscas», pensé sonriente mientras me desperezaba.

Me acicalé y bajé a la cocina; me costaba horrores despabilarme por las mañanas.

—Buenos días, hijo.

—Hola, mamá.

Me senté en la silla donde todas las mañanas tomaba el primer bocado del día. Mi madre deslizó ante mis ojos un plato con tres salchichas, huevos revueltos y dos trozos de beicon crujientes, como ella sabía que me gustaban.

«Me ha entrado el hambre de golpe».

—Hoy tienes examen de historia, ¿verdad?

—Sí.

—Bien.

«Ni siquiera me pregunta si he estudiado. Sabe que voy a sacar otro diez».

El plato quedó limpio como una patena, incluso lo rebañé con una rebanada de pan. Me despedí e inicié el largo trayecto que separaba mi casa del colegio. Las clases, de escasos diez alumnos, se efectuaban en un convento reconvertido en aulas, situado en las afueras del pueblo. Como solía ser habitual, encontré a Sara en la esquina que daba a la plaza. Siempre fingía un encuentro fortuito; yo sabía lo premeditado de aquellos encontronazos.

—Hola, Jay —me saludó jovial.

—Hola, Sara.

—¿Te sabes el examen? Vaya preguntas hago, jeje...

—Sí, claro.

—A ver si hoy consigo igualarte; superarte es imposible.

Sonreí al tiempo que una furgoneta blanca se paraba en medio de la calle, a nuestro lado. Un hombre mayor asomó la cabeza por la ventanilla.

—Buenos días, chicos. Tu padre me ha pedido que te acerque al colegio. —

Señaló a Sara con el dedo índice.

—¿El sheriff? —pregunté dudoso.

Mostró sorpresa ante mi pregunta, y sus posteriores palabras me hicieron sospechar que mentía.

—Sí, sí..., claro, el sheriff.

Agarré a Sara del brazo y le susurré al oído:

—No subas. Vámonos.

—No tengo ganas de andar —dijo al tiempo que se zafaba de mí y subía al vehículo. No pude evitarlo, sucedió muy rápido. El hombre arrancó y se perdieron calle arriba.

Podría haber llamado a cualquier puerta en busca de ayuda, pero la incertidumbre me llevó a no hacerlo.

«No la llevará al colegio».

Corrí mientras un sinfín de malos augurios se apiñaban en mi cabeza, rezándole a Dios llegar al patio y encontrarla ufana como siempre.

Pero cuando llegué Sara no estaba.

Jadeante, entré en el despacho del director.

—Por Dios, Jayden, ¿qué pasa?

—Sara ha subido a una furgoneta —balbuceé agitado—. El hombre dijo que la traería aquí, pero no lo ha hecho.

—¿Cómo? ¿La hija de Collins, el sheriff?

—Sí. Le va a hacer algo malo, señor.

—Espera aquí.

El director Austin abandonó la estancia alarmado. Ante su mesa de despacho tuve un mal presentimiento, y no pude evitar llorar entre aquellas paredes llenas de diplomas.

Pasados unos diez minutos, el padre de Sara entró vestido de uniforme.

—Hola, Jay —dijo ante mí, acuclillado—. Cuéntame qué ha sucedido.

No me anduve con rodeos:

—Han secuestrado a Sara.

—Dime lo que sepas. ¿Dónde ha sucedido? ¿Hacia dónde han ido? ¿Qué recuerdas, hijo?

—Todo.

—¿Qué?

—Lo recuerdo absolutamente todo —dije lacrimoso.

El sheriff se quedó unos instantes pensativo.

—Dirección en la que han circulado, marca del vehículo, color... ¿Matricula?

—Al camino de la ermita; una Ford de color azul, no llevaba impreso el modelo; BYW 753H.

—Gracias, Jay.

—Ese camino está lleno de entradores —rumió el director como si estuviera hablando consigo mismo.

El Sheriff anduvo ceñudo hacia la puerta.

—¡Espere! —Cogí una hoja en blanco y un lápiz de encima de la mesa del director—. Creo que esto podrá serle de ayuda.

Dibujé apresurado y, del mismo modo, le entregué el folio al sheriff.

—¿Y esto qué es?

—El dibujo de las ruedas. Esta noche ha llovido y puede que se hayan marcado en el terreno.

El sheriff me miró estupefacto y, sin tiempo que perder, me besó en la frente y salió del despacho como alma que lleva el diablo.

El examen se aplazó y las clases transcurrieron bajo el silencio, los murmullos y los susurros. La noticia corrió como veneno en sangre y todos se atrevieron a vaticinarle un final, por lo general funesto. Yo me ahogaba en mis propios augurios, que tampoco es que fueran demasiado halagüeños.

Terminadas las largas horas de nulo aprendizaje, me dirigí a casa esperando que mi madre supiera algo; la incertidumbre dolía más que una mala noticia. Cuando llegué, nadie contestó al timbre. Abrí con mis llaves. Me disponía a entrar en mi cuarto cuando advertí que se abría la puerta de la casa. Me escondí en lo alto de las escaleras.

—No podemos fiarnos de nadie —lamentó mi madre—. Casi la viola y la mata. Por lo visto, su padre ha llegado justo a tiempo de evitar males mayores. —La imaginé santiguándose; siempre lo hacía—. El muy desalmado había cavado una fosa detrás de la masía.

Sus palabras me dejaron de piedra. Sentí alegría y pena al mismo tiempo: satisfacción al saber que estaba a salvo y aflicción al entender que la maldad se paseaba a sus anchas por el mundo.

Alguien llamó al timbre y escuché cómo abrían, y luego hablar a mi padre; no entendí nada de lo que decía.

—No sé si está. Un momento. ¿¡Hijo!? ¡Te buscan!

—¡Sí! —contesté, y empecé a bajar las escaleras de dos en dos peldaños.

61

En el recibidor encontré a mis padres, al sheriff y a Sara. Mi amiga se abalanzó sobre mí nada más verme, apretándome con fuerza entre sus brazos.

—Gracias a él la hemos encontrado —aseguró Collins mientras su hija seguía abrazándome—. Es un chico especial. Pero supongo que eso ustedes ya lo saben.

El Sheriff me miró y susurró «gracias». Asentí con la cabeza cuando Sara me soltaba.

—Bueno —deslizó Sara en mi oído—. Tengo entendido que tendremos más tiempo para estudiar. Ya me lo agradecerás algún día, aunque eso a ti te da igual, ¿verdad? Sacarás otro diez...

Me sorprendió su entereza. Entereza que tenía gracias a mí.

—Papá, despierta. Te has quedado dormido.

Megan zarandeaba mi cuerpo mientras yo permanecía todavía en dos épocas. Poco a poco, fui centrándome en el presente.

—Me he dormido mientras retrocedía mentalmente en el tiempo y he saltado de un recuerdo consciente a uno inconsciente.

—¿Qué?

—Nada.

—Ve a la cama, anda. Tienes mala cara.

—¿Qué hora es?

—Las cinco menos cuarto.

—Tú quédate en casa y no salgas hasta nueva orden —
ordené todavía atolondrado—. Yo he de cumplir con mi deber.

Vuelvo a aquel recuerdo cuando estoy decaído. Revivo la
felicidad de un padre al recuperar a su hija y la emoción que sentí
al tener entre mis brazos a alguien que respiraba gracias a mi don.

Mis recuerdos dolían casi siempre.

CAMA DE PÚAS AFILADAS

Esta vez no desperté a nadie. Sentado a oscuras en mi despacho, rebuscando en la conversación truncada por un recuerdo infantil, esperé a que Jo y Carter llegaran.

No descubrí nada nuevo en las evocaciones, así que me dispuse a tomar el primer café del día. Al abandonar el despacho rumbo a la cafetera, vi a Jo subiendo las escaleras. Se estaba comiendo una napolitana. Solo el verla ingerir me provocó náuseas.

«Malditos nervios».

—¿Existe algo que te quite el hambre? —le pregunté cuando alcanzaba el último peldaño.

Me deleitó con una peineta.

—Que sean dos —solicitó al adivinar mis intenciones.

El comisario hizo acto de presencia al poco de llegar mi compañera. Ambos se metieron en su despacho después de que Carter nos saludara a ambos, a ella por su nombre y a mí por mi apellido —solía hacerlo—, con una voz bronca que presagiaba que no había dormido demasiado bien y que, por lo tanto, no estaría de buen humor.

Entré el último, con un vaso humeante en cada mano.

—Os lo voy a narrar tal cual sucedió —dije al tiempo que le entregaba el café a Jo. Por supuesto, sorteé las partes en las que se dejaban entrever mis habilidades mentales—. Sabéis de mi buena memoria y la voy a utilizar para trasladaros lo que viví, que por otra parte, no tiene desperdicio.

Les describí los sucesos con exactitud.

—Nunca dejará de sorprenderme tu capacidad para recordar —dijo Carter tras percibir una pequeña porción de mi don.

—Nos va a joder, lo presiento —auguró mi compañera—. Esos últimos consejos son más bien tres amenazas como tres soles: «No busques más allá de estos encuentros»; «No pierdas el tiempo investigando a mis futuras víctimas, no hallarás nada»; «No te atrevas a acudir a nuestra cita acompañado, o pagarás las consecuencias»… Limitan demasiado nuestra actuación.

—No seguiré los consejos de un tarado. —Me dirigí al comisario—. En la mesa de mi despacho encontrará un portátil, y en su escritorio un icono de nombre «ASESINO EN SERIE». Investiguen la procedencia de la señal o lo que cojones se rastreé en estos casos. Y que lo hagan los mejores informáticos del mundo. —Giré el rostro hacia mi colega, cabreado ante la falta de pruebas—. ¿Hablaste con los agentes del caso Alison?

—¿Lo has bautizado?

—Estoy cansado y bastante irascible, así que no me toques los...

—Cómo están los ánimos… Uh… —Fingió temblar de miedo—. Sí, hablé con ellos.

—Redacta un informe.

—*D'accord.*

—No hay tiempo que perder, voy a hablar con Sam Baker. ¿Quedamos a las dos en el restaurante de siempre?

Jo asintió entretanto Carter me agarraba de los hombros.

—Siempre das con la tecla, Jayden. Esta vez no será distinto. Si hay novedades, te llamo al móvil.

—Perfecto.

Me sentí como el capitán de un barco a la deriva que busca en plena noche la luz de un faro.

CINCUENTA MINUTOS DESPUÉS

—Te veo cansado, Jay —advirtió Sam Baker sentado tras su mesa de despacho—. ¿Algún cabrón te está fastidiando?

—Por qué iba a estar aquí, si no.

—Cuéntame.

Procedí del mismo modo que en el despacho del comisario: escenifiqué lo acontecido como si de una función de teatro se tratara; y no era la primera vez que deleitaba a Sam con una de mis actuaciones. Mayormente, describía de pie, intentando pormenorizar la escena de un crimen, proyectarla en su imaginación. Señalar, gesticular, moldear el aire como si diera forma a un ladrillo de arcilla..., pretendiendo que sus conocimientos médicos me facilitaran una 'mente criminal'.

—Un caso de egolatría total —explicó una vez terminada mi representación—. Siente veneración por sí mismo. Necesita

67

exteriorizar, mostrarle al mundo esa superioridad que cree tener. Seguro que les habrá contado su plan a cada una de las chicas que ha secuestrado para sentirse importante. Es probable que tenga un cociente intelectual alto, cercano a los ciento cuarenta puntos. Cree controlar la situación y no dudo que lleve años gestando del plan del que se enorgullece. También observo un deseo de superación con respecto a su perseguidor, o lo que es lo mismo: idolatra al detective aunque desee matarlo. Mi consejo es el siguiente: mientras todo transcurra en línea y sin altibajos, tendrá la sartén por el mango. Debes hacer que se sienta menospreciado sin que capte tus intenciones. Hazle sentir una falta de interés, como si para ti fuera un asesino más. Entonces querrá demostrarte su inteligencia, que no es un criminal al uso. Y cuando se aleje del programa que ha preparado, aumentarán las posibilidades de que se equivoque.

—¿Alguna forma de mostrarle indiferencia sin que resulten obvias mis intenciones?

—Háblale de otros asesinos a los que has detenido. Hazle ver que ellos jugaban con desventaja, pues no conocían tus habilidades mentales. —Se quedó mirándome y sonrió amigablemente—. Sé que padeces algún tipo de fenómeno consistente en el incremento del recuerdo neto. Y sé que él lo sabe. Puedes engañar a los mundanos, pero no a mí.

«Chico listo».

—Me has descubierto. —Le devolví la sonrisa—. Espero que sepas guardar mi secreto, o tendré que matarte. —Le guiñé el ojo.

—Por supuesto. Soy demasiado joven y bello para morir. Pero me gustaría hablar de tus facultades con más detenimiento y profundidad, si te parece bien.

—Otro día, Sam. Hoy tengo mucho… —En ese justo momento noté cómo me vibraba el móvil dentro del bolsillo. Contesté a la llamada de Carter—. ¿Sí?

—No vas a creerlo. Hemos rastreado la señal y tenemos el lugar desde el que transmite. Te envío un helicóptero, ¿dónde estás?

Cinco agentes me esperaban en la calle.

—¿Dónde? —pregunté, esperando que cualquiera de ellos me contestara.

—Staten Island.

El viento creado por las hélices me lanzó a la cara todo el polvo de Manhattan; o esa sensación tuve. Nos elevamos hasta surcar los rascacielos, disfrutando de las vistas en silencio. Observé los altos bloques que la aeronave evitaba con soltura y los imaginé como afilados clavos, como si, al más puro estilo faquir, aguardaran a que mi espalda desnuda se posara sobre ellos. Nueva York era una cuna de asesinos, una cama de púas cortantes.

Rara vez un mal presentimiento se descubrió tan cierto y real en mi subconsciente como mientras volaba sobre los rascacielos de Manhattan.

«No puede ser tan fácil —pensé mientras divisaba a lo lejos el dispositivo policial desplegado ante la casa—. O quizá simplemente ha errado. Puede que solo sea un charlatán. Entonces, por qué me invade el pesimismo. Si tuviera que apostarlo todo a un color, lo haría al rojo de la sangre».

He reiniciado más de una vez lo sucedió a partir de aquellos funestos pensamientos.

Sin duda, un fragmento digno de repetir.

A TRAVÉS DE UNA LUNA

Una intersección a nivel, y a un lado, sin parcelas colindantes, una casa de madera fácil de rodear. Parecían haberla colocado allí de forma estratégica, aislada sobre un manto de césped alto y descuidado. Ante la construcción, seis coches de policía dibujaban una línea divisoria y disuasoria tras la que permanecían alerta un ingente número de agentes, incluido un equipo de artificieros y otro SWAT.

«Bien hecho, jefe, un despliegue rápido y completito».

—Es Jayden Sullivan —le susurró un agente a otro.

Avancé entre los murmullos hacia Jo y Carter, que esperaban tras la barrera de vehículos. Me situé entre ambos y les saludé con un asentimiento de cabeza.

—Está deshabitada —ilustró nuestro superior—. O al menos eso indican los sensores de movimiento.

Al otro lado de los coches cruzados, un oficial se disponía a alertar con un megáfono.

«Desalojen la vivienda, por favor. Policía de Nueva York», rogó en alto.

Hizo un aspaviento. No parecía ser su primer intento.

—¿Y quién se supone que vive ahí dentro? —pregunté.

—Una solterona sin hijos. Una tal..., Margaret Clark.

—Que manden al robot —ordené tajante—. Es una trampa.

—¡El robot! —les requirió Carter a los artificieros.

—También lo creo —dijo mi compañera—. Demasiado sencillo. Aunque ojalá hallemos a las cinco chicas ahí dentro. *Mais ça n'arrivera jamais.*

—*Nous allons bientôt savoir* —contesté.

—Eres una caja de sorpresas, detective Sullivan.

—Es mi estilo. Qué le vamos a hacer...

Jo sonrió sin desviar la mirada de la austera construcción.

—Por una vez —manifestó Carter, obviando nuestra políglota conversación—, nos podría sonreír la suerte, ¿no creéis?

Su pregunta quedó en el aire.

El robot, formado por seis robustas ruedas, una lanza central acabada en una pinza rotatoria y mucho metal y cables, bajó la rampa trasera del furgón policial y puso rumbo a la puerta de entrada. Me metí en la caja del furgón dispuesto a observar sus andanzas a través de la cámara que tenía instalada.

Al mínimo empuje de la pinza rotatoria, la puerta se abrió chirriante. Una vez dentro, el robot circuló lentamente por el único pasillo que parecía tener la vivienda, entrando en cada habitación, registrándolas minuciosamente. La casa constaba de dos pequeños dormitorios, en los que no detectamos nada extraño. La máquina dejó atrás las habitaciones y se introdujo en la que estaba al fondo del pasillo, de tonos grisáceos. Lo que parecía un salón, gozaba de dos grandes ventanas, pero las persianas estaban bajadas. Vimos una cocina encastrada a la izquierda y una mesa de madera redonda en el centro, algún que otro cuadro y, contra la pared en frente de la puerta, un reloj de cuco de como poco metro y medio de alto. No se apreciaba nada anómalo, al menos nada que hiciera pensar que allí había algo más que muebles y enseres. Todos creímos estar observando una casa sencilla ubicada en una zona tranquila.

—Bien —dije decidido—. Que entren los SWAT y la registren debidamente. Algo ha de haber. Los acompañaré.

—Voy también —afirmó Jo.

—Detrás de mí.

Carter transmitió la orden y la unidad de élite se dispuso a acceder a la vivienda. En fila india, equipados con armaduras corporales pesadas, fusiles de asalto, visores de infrarrojos y detectores de movimiento, entraron en la casa de madera prefabricada. Mediante señas manuales y en absoluto silencio, dos miembros se introdujeron en las habitaciones mientras los demás entrábamos en la sala de estar. Cada cajón, armario o repisa fue examinado con detenimiento.

«¡*Cu-cuc, cu-cuc, cu-cuc...*!».

—Su puta madre —se me escapó.

El reloj de cuco marcaba la una del mediodía.

No fui el único en resoplar tras el maldito sobresalto.

El agente al mando se señaló los ojos y de seguido al cuclillo de madera que casi nos había matado del susto. Llevaba

73

un pósit pegado en el pico. El miembro de los SWAT lo arrancó de un tirón y por primera vez se escuchó una voz en la vivienda:

—Se lo advertí, detective: no busques más allá de estos encuentros. ¡BOOOOM…!

Me enfrié de pronto.

—¡Corred!

Agarré a Jo por el brazo y tiré angustiado de ella.

A partir de ahí, pese a que luego pude revivirlo lentamente, todo pasó muy rápido. Los SWAT agujerearon las ventanas a balazos como si hubieran entrenado dicho modo de escapar de situaciones como aquella, y las traspasaron con sus propios cuerpos. Jo y yo corrimos hacia la salida. Nos trastabillamos y me caí al suelo. Mi compañera se detuvo para ayudarme a levantar. Apenas nos había bañado la luz del sol cuando nuestros tímpanos estallaron. Volé hacia los coches que rodeaban la residencia, derecho a la ventanilla de uno que, a dos ruedas, se alejaba a causa de la onda expansiva. No se apartó lo suficiente. A mi derecha, Jo se movía por el aire envuelta por pedazos de madera ardiendo, humo y polvo. Recuerdo pensar: «Morirá. Nunca volveré a verla. Ni a mi Megan, ni a mi hermana, ni a mi madre…». En ningún momento tuve miedo de morir, solo de dejarlas atrás.

Mi cuerpo acabó incrustado en la ventana de un coche patrulla.

Justo antes de perder el conocimiento, a través de su luna, vi a mi compañera. La advertí borrosa, ensangrentada, sucia... Viva.

Lo primero que percibí fue una borrosa silueta. Rodeado de paredes blancas, no dudé ni un segundo quién tenía delante: a mi hermana. Su imagen fue tomando forma mientras se dirigía a la puerta de la habitación de hospital en la que me había despertado.

«¿Qué hora es? —me pregunté inquieto—. Por Dios, que no sea demasiado tarde».

Me incorporé dolorido y vi mi brazo escayolado.

«Jo. Estaba de pie, ha de estar bien».

Mis miedos se dispersaron al verla entrar junto a Helen y un médico. Tras presentarse, el doctor iluminó mis ojos con una especie de puntero. «Mire aquí, miré allá...»: lo habitual tras padecer un traumatismo craneal.

—¿Puedo irme? —pregunté, yendo al grano.

—Debería permanecer en observación al menos veinticuatro horas. Ha tenido mucha suerte. Magulladuras y la muñeca rota: pocos daños para lo que podría haber sido.

—Pásame el pantalón —le pedí a Helen, que lo extrajo de un pequeño armario a mi derecha. Le desenganché mi placa y se la enseñé al doctor—. Esta de aquí dice que nada de observaciones.

—Pues la ley es la ley... —El médico sonrió mientras arrancaba los parches que monitorizaban mis constantes vitales—. Pero tenga cuidado, ¿de acuerdo?

—Lo tendré.

Se fue por donde había venido.

—¿Cómo se encuentra mi hombre bala preferido? — preguntó mi compañera, supongo que intentando quitarle hierro al asunto.

—Un poco mareado, pero bien. ¿Qué hora es? Y Megan, ¿lo sabe?

—Las cuatro de la tarde. Y sí, hemos avisado a tu hija. Quería venir, pero no me ha parecido seguro. Le he dicho que se encierre en casa y que solo nos abra la puerta a nosotros.

—Bien hecho. ¿Hubo bajas? ¿Estás bien?

—Sí. Tengo magulladuras y siete grapas en el codo: otra marca de guerra más. Y no, no hubo bajas, ni siquiera heridos graves.

—Bien —celebré sentado sobre la cama—. Me largo de aquí, no estoy para perder el tiempo. Y tú qué, hermanita, ¿no dices nada?

No era normal verla tan callada. Por lo general era un torbellino de energía.

—Hemos de hablar. —Miró compungida a Jo, esta asintió con la cabeza y salió al pasillo—. Parece que os habéis puesto de acuerdo, ¿eh, hermano?

—¿A qué te refieres?

—Mamá está ingresada en el Monte Sinaí. Dicen que no pasará de esta noche.

Quizá se me juntó todo. Demasiados pesares invadiéndome por todas partes. Sabía de su falta de tiempo y estaba preparado para afrontar ese adiós que ya parecía inevitable, pero saber lo que se avecinaba no menguaba mi dolor.

«El tiempo lo cura todo, dicen —pensé mientras la imaginaba sirviéndome el desayuno—. Eso será para los que pueden olvidar».

El Monte Sinaí. Lugar donde, según la Biblia, Dios le entregó a Moisés los Diez Mandamientos. Y el nombre del hospital que recorría renqueante. La mezcla social característica del lugar se apreciaba en cada recodo de sus níveos y anchos pasillos. Resultaba curioso que uno de los hospitales más caros y avanzados del mundo, dispusiera de múltiples camas para gente sin recursos. Supongo que era el pago por prestar servicios a los ciudadanos del Upper East Side y de Harlem: el primero, uno de los barrios más prósperos de Manhattan; el segundo, uno de los más deprimidos.

Le pedí a Helen que desalojara la habitación. Tuve que saludar a algunos familiares que llevaba años sin ver y, por descontado, darles el motivo por el que llevaba el brazo en cabestrillo. Les conté lo primero que se me pasó por la cabeza; no me apetecía darle explicaciones a nadie.

Entré y me brindó la más bella de las sonrisas. La encontré esplendorosa como siempre: sus lisos y grisáceos cabellos descendiéndole por los hombros, sus ojos verdes, su arrugada aunque atildada piel… Ni siquiera me preguntó por el brazo.

—Mi niño hermoso… —musitó estirando los brazos—. Ven, que te acaricie la carita.

Noté cómo algunas lágrimas intentaban escapárseme de los ojos, y aunque intenté contenerlas, dos consiguieron hacerlo. Rozó mi cara con sus manos frías y me hizo retroceder en el tiempo. Ella me enseñó a sobrellevar mi don, a usarlo con el único propósito de hacer el bien; me mostró el camino a seguir.

«Y ahora te vas sin que pueda hacer nada —lamenté, bordeando el sollozo—. Estamos y de pronto... Somos aves de paso, turistas por un lugar que no nos da tiempo a visitar. Nos marchamos con tanto por ver...»

Finalmente no fui capaz de contener las gotas que con tanto ahínco luchaban por salírseme de los ojos.

—No llores, mi ángel, no voy a morir mientras tú no lo hagas. Solo nos vamos cuando se nos olvida. —Me señaló la frente—. Y tú me mantendrás viva ahí dentro.

Me despedí para siempre y salí de la habitación, que enseguida volvió a llenarse de familiares.

Debía ponerme a trabajar; había vidas en juego.

Esperé a que el ascensor bajara, pensando en mi nula predisposición a hablar con nadie; menos aún, con un secuestrador. Me disponía a entrar cuando la vi, como si me esperara disimuladamente.

—Jay. —Me abrazó. Parecía habernos separado una eternidad.

—Me alegro de verte. ¿Vienes a despedirte?

—Sí. ¿Y ese brazo?

—Gajes del oficio. Se alegrará de verte. Para ella eres como una hija.

—Lo sé. ¿Estás bien, entonces?

—La echaré mucho de menos. Pero sí, estoy bien.

—Siempre habla de ti, ¿sabes? Mi hijo, el gran detective, el salva vidas, el mejor del mundo… —Me sonrió compungida mientras me miraba con sus grandes ojos azules—. Está orgullosa de ti. Todos lo estamos. —Me abrazó de nuevo y me susurró al oído—. Tendremos más tiempo para estudiar, ¿recuerdas?

LA SORPRESA DEL HOMBRE LOBO

Pasé por la oficina a recoger mi portátil, pero Carter se había ausentado por menesteres de índole policial. Mientras me tomaba un café, hablé telefónicamente con Rotze y Megan, y en última instancia, con mi superior.

—¿Estás bien?

—De esta ya nos hemos escapado. Hasta la siguiente, ¿no?

—Eres duro de pelar, sí.

—Supongo que la propietaria de la casa que ha volado por los aires, la tal Margaret Clark, ha sido secuestrada por el Lobo Feroz.

—Me temo que sí. Ni rastro. Si la secuestró, lo hizo hace poco, dos días a lo sumo, al menos a tenor de lo extraído de sus allegados.

—Esta noche conseguiré desviarle de su plan. Sé lo que debo hacer.

—Me he tomado la libertad, al menos hasta que esto acabe, de colocarles vigilancia a Rotze, tu hermana y Megan. A primera hora acudirán dos agentes a tu casa.

—Gracias.

—¿Al amanecer en mi despacho?

—Nos vemos allí. Espero que con buenas noticias.

—Ten cuidado.

«Te dedicas a hacer el bien, a salvar vidas —pensé con la llave ya dentro de la cerradura—, y la existencia te paga con el desazón y la continua inquietud, con el peso de sentirte protector de los demás. Sin embargo, ser consciente de que muchas personas siguen vivas gracias a ti, aligera dicha carga. Reconforta saber que mis pesares sirven para que otros no los padezcan; que todo tiene un fin, que todo es por algo, que no sufro por nada».

Antaño tuve amigos y amigas que, a causa de mis trajines, se fueron alejando. Asimismo, mi matrimonio se fue desgastando debido a mi profesión. Del trabajo al hogar, así pasaba los días y, al volver a mi piso, casi siempre lo encontraba vacío.

Me costó tiempo asimilarlo. Pero un día entendí, que no era dueño de mi propia existencia.

Me abrazó con fuerza.

«El motivo de todo».

—Vale, cariño, me duele hasta el último centímetro del cuerpo.

—Joder, papá, estaba muy preocupada.

—Esa boca.

—Perdón.

—¿Te duele? —Me señaló el brazo.

—Es como tener un palpitante corazón en la muñeca. Pero los analgésicos lo mantienen a raya. —Le acaricié el mentón—. La abuela se muere, ¿sabes?

—Lo sé —susurró con unos ojos tan cristalinos que parecían un mar en calma.

«Es fuerte. Filtra y acepta, como su padre. Aunque la pena arraigue por dentro».

—Voy a descansar. Cena lo que quieras, yo lo haré cuando me levante. A las once menos diez, si todavía estoy en mi cuarto, me despiertas, ¿de acuerdo? No lo olvides, es importante.

—Hecho, Mémori.

Sus palabras, aunque intentaron endulzar el momento, sonaron tan tristes como la atmósfera que nos cubría.

«Ah, sí…, mi nombre de superhéroe —pensé sarcástico, sonriendo sin ningunas ganas—. Lo había olvidado».

Como cabía esperar, duré apenas cinco minutos despierto. Sin presentir su acercamiento, me adentré en el peligroso reino de mis sueños, y soñé lo que tantas veces había soñado.

Como si no hubiera nada más en el mundo, vi las luces de mi Mustang y las del coche que acababa de sobrevolar al más puro estilo hombre bala. Y mucha oscuridad. Mis piernas no respondían a estímulos y por mi pantalón desgarrado asomaba una tibia blanca y roja. Me arrastré quejumbroso hacia el vehículo que demasiado a menudo me sobrevenía cuando cerraba los ojos, que me hipnotizaba con sus faros carmesí. No distinguía árboles ni estrellas, solo tinieblas. El bosque parecía haberse engullido a sí mismo, dando paso a una niebla densa como el humo de un cigarro. Volvía a estar inmerso en la terrible colisión que era incapaz de expulsar de mi mente. Oía quejidos que parecían llamarme desde el interior del automóvil. Mi cuerpo avanzaba sobre la carretera como una serpiente agonizante mientras los lamentos aumentaban de intensidad. Entonces escuché un grito entre el silencio y advertí que se abría una de las puertas traseras del coche contra el que había empotrado mi Mustang. Repté un poco más y miré dentro del amasijo de hierros. Solo encontré, esquinado sobre los asientos traseros, un oso de peluche manchado de sangre. Observé a mi izquierda, alertado por el sonido de una respiración acelerada. La conductora, con la cara hecha jirones, me miraba fijamente:

—¿Cuántas veces vas a tener que matarme, detective?

Me incorporé sudoroso, desconcertado por un instante. Acostumbraba a tener aquel tipo de despertares. Miré la hora: las 22:34.

«Tiempo de ducharme y a trabajar. Sin vacaciones ni descanso: el hombre al servicio del bien; el hombre en lucha constante contra el mal. Estoy hasta los cojones».

Por segunda noche consecutiva, mandé a Megan a su cuarto sin darle ninguna explicación. No quería hacerla partícipe de mis «historias»; bastante peligro corría ya por el simple hecho de ser mi hija.

Restaba un minuto para la hora señalada. Desplegué el portátil sobre la cama. Descansé la espalda en el cabezal; no sabía cómo poner el brazo para que no me molestase. Le eché un rápido vistazo a mi teléfono móvil: no encontré ningún mensaje interesante.

Cliqué sobre el icono del lobo.

Apareció de pie al lado de Alison Avner, que parecía no haberse movido del sitio desde la última transmisión, mostrándose tan sucia y asustada como la primera vez. En las paredes, que seguían siendo blancas, detecté varias cámaras, ocho arriba y cuatro abajo.

—¡Hola, Jay!

—Tengo preguntas —dije yendo al grano, sin dignarme a devolverle el saludo.

—Ya veo que hoy te has levantado con el pie izquierdo. —Se encogió de hombros—. Y también que has sufrido un percance, a tenor de tu brazo enyesado.

—No estoy para juegos. ¿Cómo es que conoces mis capacidades? Hablaste de una competición y sobreentiendo que tu premio, en caso de salir victorioso, es la notoriedad y la fama, o como tú lo llamaste, la eternidad. ¿Qué gano yo? Si doy con tu nombre, ¿te entregarás? Sería lo justo, ¿no crees?

Se quedó quieto mientras miraba a la no menos estática Alison. Por un momento pensé que se había congelado la imagen. Entonces señaló con el dedo índice la pantalla que tenía delante. A mí.

85

—Le doy mi palabra, detective. Si consigue mi nombre, me entregaré.

—No has contestado a mi primera pregunta. ¿Cómo has averiguado lo de mi memoria?

—Eso puede esperar. Lo apremiante ahora mismo es centrarnos en mi sorpresa. ¿No te intriga saber qué he preparado?

—Asómbrame.

—Verás su muerte en directo. —Extendió los brazos mientras su víctima le clavaba los ojos, y dibujó una cruz con su cuerpo—. Y la contemplarás aquí, a mi lado, dentro de esta sala.

EL JUEGO DE SULLIVAN

«A mi lado», medité intuyendo lo que pretendía.

—Puedes hacerlo —prosiguió el Lobo—. Las cámaras te otorgarán los ángulos y tú los unirás con tu mente. El pasado es ahora mismo. Cada palabra pronunciada es pasado un segundo después de abandonar nuestras bocas. Puede que ni siquiera percibas lo que eres capaz de hacer, detective, pero tienes el don de recrear imágenes en tiempo real, en tres dimensiones, y meterte dentro de ellas. ¿Lo hacemos?

«Dios. ¿Lo soy? Esto es una locura, pero quizá deba seguirle el juego. La vida de Alison empieza a escapárseme por entre los dedos, y de conseguir lo que dice, las posibilidades de hallar pistas aumentarán».

—¿Puedo hablar con sinceridad, decir lo que opino de todo esto?

—Por supuesto.

—Creo que juegas con ventaja. ¿Recuerdas los nombres de los asesinos que hiciste aparecer en mi móvil? Patch Avner, Hank Griffin, Arty Kern, Jarvis Steve y Daylen Adams. Si les detuve, en parte fue porque ellos no conocían mis aptitudes. Tú te escudas en ese factor. Si no supieras de lo que soy capaz, me hubieras durado menos que un caramelo en la puerta de una escuela.

«Las cartas están sobre la mesa. ¿Aceptas el envite, asesino?».

—¿Eso crees? —Asintió pausado y de forma reiterada—. Pues juguemos. ¿Crees que puedes desestabilizarme? No vas a ganar hagas lo que hagas. Esto es un divertimento que le demostrará al mundo mi supremacía. No solo quiero vencer, quiero caricaturizar a Jayden Sullivan. Cuando llegue tu primer fiasco, no lograr salvarla —explicó estático, señalando a su presa—, te demostraré yo a ti mis aptitudes. Y ahora entra, detective, quiero que veas *in situ* cómo se desparraman los sesos de esta preciosa joven.

La pantalla de mi portátil mostró lo que grababan las doce cámaras instaladas en la estancia cuadriforme. Todas y cada una de las perspectivas se coló en mi cabeza, se mezcló y se ajustó automáticamente, para formar un habitáculo. Víctima y victimario esperaban dentro. Como si superara miles de veces la velocidad de la luz, me introduje en aquel cubo creado por mi mente, que no prometía darme nada bueno.

Sentí un leve mareo. La habitación parpadeaba y se difuminaba. Intenté concentrarme al máximo, focalizar con detalle, pero la recreación mental no resultaba la más idónea.

—¿Dónde estás? —preguntó el Lobo.

Me coloqué delante de él.

—Justo ante ti.

A través de los orificios de su careta solo vi oscuridad.

«Se ha pintado la cara de negro».

—Es la hora —dijo decidido.

Me aparté de su camino instintivamente.

Sacó del bolsillo un arma y caminó decidido hacia la silla que inmovilizaba a la joven, que no dejaba de moverse horrorizada sobre el asiento.

Se arrodilló ante ella y apoyó el cañón en su garganta.

Entonces me sobrevinieron una multitud de recuerdos: los ojos apenados de sus padres pidiéndome que la trajera de vuelta; las fotos del álbum que encontré en su cuarto: en la playa, en un cumpleaños, posando con sus amigas…

Lo que sucedió después se quedó grabado a fuego en mis células cerebrales —más de lo habitual, digo—: con la estúpida intención de detener la bala, coloqué mi mano entre el escaso espacio que quedaba entre el revólver y la papada de Alison. El plomo traspasó mi palma proyectada, adentrándose por la mandíbula de la joven, saliendo por su cráneo. La mirada se me fue hacia arriba, hacia lo que parecía una sangrante bóveda celeste.

—¡Hijo de puta! —grité fuera de mí—. ¡Cobarde! ¡No tienes cojones a enfrentarte a mí cara a cara! ¡No eres más que un asesino de tres al cuarto, un muerto de hambre que se esconde tras una máscara!

Agarré el portátil con mi única mano sana y acerqué su cámara web a mi cara.

—Tus huesos se pudrirán en la cárcel. Tienes mi palabra.

El Lobo se apartó del cuerpo inerte y cabizbajo de Alison Avner y me devolvió la mirada amenazante. Y entonces, por mucho que intentara disimular, la Kinésica me reveló su estado: amenazado, intranquilo, temeroso. Mis intentos de desestabilizarlo emocionalmente parecían marchar por buen camino.

—Me subestimas, detective, y eso hay que solucionarlo. No te tengo ningún miedo. Confío plenamente en mi ingenio. Quizá creas que arriesgo demasiado, pero hay que hacerlo cuando uno pretende ser una leyenda. Nuestros encuentros verán la luz algún día. Sí, quiero que el mundo sea partícipe de mi victoria ante el sublime detective Sullivan. Todo gran logro nace de un salto al vacío. Así que, mañana, al amanecer, hallaréis su cuerpo. —Señaló a la recién fallecida con el mentón—. Y en esa misma escena, usted y yo hablaremos. A partir de ahí, cuatro noches, cuatro muertes.

«Acepta el envite —pensé apretando los dientes, ido, de vuelta de todo—, y me alegro, lobo idiota. Ponte cómodo y disfruta del tiempo que te queda, pues pronto descansarás entre rejas. Se acabaron las concesiones, voy a ir con todo. Aquí acaba tu juego y empieza el de Jayden Sullivan».

Sonó mi móvil: mi hermana Helen. Descolgué, aunque sabía lo que iba a comunicarme.

—Mamá ha muerto —dijo entre lágrimas.

—¿Cuándo es el entierro?

—Debes llegar sobre las tres de la tarde.

—Bien. Intentaré estar antes.

—Vale, hermanito. Te quiero.

—Y yo a ti.

Nunca se me dio bien llorar en el sentido más amplio de la palabra. Jamás había sollozado o gimoteado. Alguna vez solté lágrimas cargadas de dolor, sí, pero sin pasar de ahí. Sin embargo, tras escuchar la voz de Helen, no pude contener el llanto.

BAÑÁNDOSE ENTRE EL TRIGO

—Dime, Jay —contestó Carter tras el cuarto tono.

—La ha matado ante mis propios ojos. Tenemos que hablar.

—¿Puedes esperar un par de horas?

—¿Un par de horas? Espere, que le paso con una de sus futuras víctimas, ¡y le pregunta usted si tiene tiempo! ¡Dejo el cuerpo, me largo a una isla desierta y me la pelo al sol hasta que me salgan callos! ¡Si yo no duermo, aquí no duerme ni Cristo! ¡Estoy harto de cargar con todo!

—Tranquilo. De acuerdo. —A otro no le hubiera consentido aquello, pero Carter entendía lo que estaba sufriendo—. Nos vemos en mi despacho.

—Bien. Ya he hablado con Jo. Pasará a buscarme en diez minutos.

«El tiempo —cavilé mientras observaba mi reflejo en la oscura pantalla del televisor de mi salón—. El pasado hostiga y el presente atribula. Solo me quedas tú, futuro. No obstante, intuyo que tú tampoco tendrás piedad conmigo. En fin. —En ese mismo instante me vino a la cabeza una reflexión de Mary Cholmondeley: "Con cada día que vivo estoy más convencida de que el desperdicio de la vida radica en el amor que no se ha dado, en los poderes que no se han utilizado, en la prudencia egoísta

93

que no arriesga nada y que, evitando el dolor, nos impide alcanzar la felicidad"—. Si tuvieras razón, Cholmondeley —pensé decaído—, otro gallo cantaría».

Sonó el telefonillo y Megan apareció de pronto, como si hubiera estado esperando oculta en el pasillo.

—¿Es Jo?

—Sí. Viene a buscarme.

—Invítala mañana a cenar. Necesito compañía femenina. Llevo días encerrada aquí dentro y...

«Tiene razón. Nos vendrá bien a ambos».

—¿Hoy o mañana?

Miró su reloj de pulsera: 12:27.

—Mejor hoy.

—De acuerdo. —Me dio la espalda y camino, supuse, hacia su dormitorio—. Espera. Mañana entierran a la abuela. —Se detuvo en seco—. ¿Quieres venir al entierro? Si no te ves con fuerzas...

Habló sin girarse.

—¿Dejarás algún día de decir sandeces? —Lo tomé como un «voy a ir» tajante—. ¿Cuándo va a terminar todo esto?

Me acerqué, la abracé por la espalda y apoyé mi mentón en su hombro.

—¿Confías en mí?

—Pues claro.

—A lo sumo cuatro días más. Y te prometo que será la última vez. Y que te lo compensaré.

—¿Estás usando bien tus poderes, Mémori?

«Sabe perfectamente el porqué de su aislamiento. A veces olvido de quién es hija».

—Mis poderes, como tú los llamas erróneamente, no pueden solucionar todos los problemas del mundo. Mira a Batman, por ejemplo, que es un tipo amargado por culpa de sus poderes.

—Eh, papá.

—¿Qué?

—Batman no tiene poderes.

«Cierto. No doy una».

—No le cuentes nada de esto a mamá, ¿eh? Ya sabes cómo se pone...

—Soy una tumba.

—Me alegra saberlo. En fin. Me voy a trabajar, que Jo estará impacientándose.

Nada más pisar el descansillo del quinto piso, me topé con el agente apostado en la puerta. Había olvidado que estaba allí.

—Hola, Mike.

—Buenas noches, señor.

—Que no entre ni salga nadie bajo ningún concepto.

—Así será.

—Gracias.

La iluminación artificial que clarificaba las calles de la ciudad también dotaba de luz el rostro de mi compañera. Su frente se consumaba en un suave hoyuelo que daba inicio a su recta nariz. Tras dicho segmento en línea, empezaba una pronunciada bajada que daba a una zona esponjosa, sus labios. Más adelante el camino se llenaba de cómodas ondulaciones, hasta alcanzar la entrada de un estrecho corte entre prominencias, su escote. Luego comenzaba una larga planicie terminada en un agujero, su ombligo. Una vez vadeada dicha cicatriz, provocada por el desprendimiento de un cordón umbilical, se hallaba un bosque de vellos púbicos que resguardaba la más codiciada de sus aberturas, su vagina.

Mirarla me estremecía, y creo que ella era consciente.

—¿No piensas nunca en dejarlo? —le pregunté—. ¿Enviarlo todo a la mierda y llevar una vida normal?

Rebufó mientras se acomodaba en el asiento del conductor.

—Demasiadas veces. *Mais c'est la vie.*

—Le ha reventado el cráneo ante mis ojos. Joder. No he podido salvarla.

—Hemos —matizó—. No lo olvides: no estás solo. No hemos podido salvarla.

—Ya. Supongo que alguien ha de ir detrás de los malos, ¿no?

—Sí. Llevo una eternidad sin tomarme un día libre. Y sé que tú jamás descansas. ¿Y sabes por qué? Porque nuestro descanso les da ventaja a los malos. Y nosotros lo sabemos. Y ese hecho evita que podamos echar el freno.

«Cuánta razón tienes, compañera. Somos lo que somos y no podemos dejar de serlo».

—A propósito. Todavía no he leído el informe.

—Está en la guantera. Iba a dártelo ahora mismo. Tengo demasiadas cosas en la cabeza. Y este caso... Joder, me hace sentir una inútil.

—¿Hay algo interesante? —pregunté mientras agitaba el documento.

—Un vecino asegura que vio cómo un hombre metía a Alison por la fuerza en la caja de una furgoneta gris. Pero el entrevistado es un hombre con problemas mentales, así que...

«No tenemos nada, entonces».

—¿Cuánto hace que no visitas a tus padres? —pregunté, cambiado radicalmente de tema.

—Llevo quince meses sin pisar París.

—No deberías dejar pasar tanto tiempo.

—Lo sé. Me remito a lo dicho hace unos segundos: no encuentro el momento.

—Ya me encargaré yo de que lo encuentres.

—¿Ah, sí?

Asentí mientras ella dibujaba una sonrisa que aprecié cansada.

—Ah, por cierto —dije mientras pasaba por delante de mis ojos las cinco páginas del documento, almacenándolas así en mi mente—. Megan te invita a cenar. Dice que necesita una voz femenina. En fin. La verdad es que está sufriendo injustamente.

—Claro. ¿Después del entierro? He hablado con tu hermana hace un rato.

—Sí. Nos da tiempo y a Megan le hará bien tu presencia. Sabes que te adora.

—Y yo a ella. Pero solo iré si preparas tu famosa *fondue* de queso. —Me guiñó el ojo—. De pensarlo se me hace la boca agua.

—¿Tú con hambre? —pregunté sarcástico y retórico.

—¿Hay trato o no?

—*D'accord.*

El tiempo pasó volando mientras Jo y Carter escuchaban cómo murió Alison Avner. Entre explicaciones, recibimos el aviso de que un hombre había llamado al departamento y dado unas coordenadas. «La chica está bañándose entre el trigo», dijo antes de colgar.

«¿La ha tirado a un pozo? —cavilé—. Allí no hay lagos».

—El asesino te dijo que estaría allí, ¿no?, que hablaría contigo —dijo Carter mientras se acercaba a su coche—. Entonces ha de ser alguien del cuerpo.

Asentí poco convencido.

Me ajusté el cinturón y, mientras Jo conducía tras la estela del coche de nuestro superior, intenté relajarme sobre el asiento. Apunto estuve de quedarme traspuesto durante el recorrido.

POCO DESPUÉS

Me detuve a contemplar lo que se divisaba ante nosotros: un campo donde antaño la mies se alzaba tapando el horizonte, pero que la guadaña —o más bien una máquina— había cortado a ras de suelo. Imaginé aquel pedazo de tierra como un cúmulo de afiladas punzas doradas. Mis pies avanzaron sobre las gramíneas y semillas desparramadas tras la cosecha, rumbo al resalte de piedra construido en el centro del sembrado. Al fondo del pozo nos esperaba agua y, supuestamente, el cuerpo de Alison Avner.

—Tomad los datos de todo el mundo —rogué avanzando entre Jo y Carter, al advertir el amplio contingente alrededor del pozo.

—Tranquilo, todo está dispuesto. Investigaremos a todo el que pise la escena. No obstante... No sé. Esto es raro de cojones. A la mayoría los conozco desde hace tiempo, y por casi todos pondría la mano en el fuego.

El negro de los trajes destacaba entre el amarillo de abajo y el azul del fondo. Un día despejado y apacible, sin viento ni amenazantes nubes negras: un día «perfecto» para examinar el cadáver de una joven.

«Esto voy a revivirlo hasta la saciedad», pensé ya cerca del hervidero de agentes.

Dos policías se acercaron hasta nuestra posición al tiempo que un buzo se disponía a bajar por el agujero construido para la reserva de agua subterránea.

—Buenos días —saludaron al unísono. Un hombre alto y delgado con perilla y otro más bajo y rechoncho—. Venimos a ofrecerles nuestra ayuda.

—¿FBI? —pregunté sin desviar la mirada del hombre en neopreno que se colocaba un arnés, a su vez enganchado a un mosquetón clavado en la pared del pozo.

Asintieron.

—No querría que fuera así —continué—, y agradezco su ofrecimiento, de verdad, pero el cabronazo que ha lanzado un cadáver ahí dentro puede hacerlo hasta en cuatro ocasiones más. Y lo ha dejado bien claro: es un asunto privado entre él y yo. Uno de esos extraños casos en los que la tecnología queda relegada a un segundo plano. De nada nos va a servir encontrarle si antes mata a sus rehenes. ¿No creen? Puede que más adelante requiera de sus servicios, pero si entran ahora mismo en la investigación, no me hago responsable de lo que pueda pasar. Mi conciencia está saturadísima, ¿entienden?

—Todos sabemos de su buen hacer, agente Sullivan —dijo el flaco—. Si cree que lo apropiado es seguir como hasta ahora... De acuerdo. —Se dirigió al comisario—. Pero haga el favor de mantenernos al tanto de los avances en la investigación. Si aumentan los asesinatos será difícil contener los ánimos. No obstante, de momento, si así lo desean y porque es usted —dijo mirándome a los ojos—, lo dejaremos como está. De momento, ¿eh?

—Los mantendremos informados, descuide —garantizó Carter.

«Mis manos están cansadas de soportar tanto peso».

—¡El otro arnés! —oímos desde el interior del maldito agujero—. ¡Está en el fondo!

Como un niño que juega al escondite y saca media cabecita de su escondrijo, la vimos salir.

«Ya no habrá juegos para ella», pensé con el corazón en un puño.

Primero asomó su cabello, limpio de sangre; ni siquiera pude apreciar el boquete de su cabeza. Surgió de la oscuridad ladeada, apretada por el arnés, que presionaba su entrepierna y la elevaba como si estuviera en brazos del mismísimo Ángel de la Muerte. El agua resbalaba por su piel morada y agrietada, formando riachuelos que arrastraban lodo. Vestía un camisón blanco que se pegaba a sus curvas, dejándonos apreciar su esbelta figura. «¿Qué te han hecho, Alison?». Contemplé su rostro y por primera vez lagrimeé ante una víctima. Jo me miró de soslayo mientras yo permanecía cara a cara con la injustamente ajusticiada.

—Pagará por esto —susurró.

Me di la vuelta y hablé con Carter.

—Necesito las coartadas de todos los que están aquí. De los últimos dos días, sobre las once de la noche, cuando el Lobo transmitió. Quiero dos grupos, los que tengan y los que no.

—Empezaré ahora mismo. Tú deberías irte a descansar. Se ve a la legua que no estás en óptimas condiciones. Sabes que no me gusta hacer de jefe contigo, pero esta vez es una orden. Te avisaré cuando tenga el informe. No tardará.

—Vámonos, Jo, aquí no hay nada que hacer. Llévame a casa, voy a intentar algo. No pienso quedarme de brazos cruzados hasta las once de la noche.

Debía ganar tiempo como fuera aunque supiera que él intuiría mi jugada. Así que, una vez en casa, cliqué por tercera vez sobre el icono del lobo, con la intención de entrar a deshoras en su guarida.

A MENOS DE UN PALMO

Cliqué una y otra vez sobre el icono, pero no obtuve ninguna respuesta. Me sentí tentado de lanzar el portátil contra el televisor.

Nunca me había visto en una tesitura así. Mi trabajo consistía en perseguir a asesinos y a homicidas que, por lo general, ya habían matado. Sin embargo, ahora se me había impuesto una cuenta atrás; un tiempo que corría más rápido de lo acostumbrado. Notaba cómo me desgastaba poco a poco, cómo las fuerzas abandonaban mi cuerpo a pasos agigantados, cómo el decaimiento se acomodaba en mis huesos. No obstante, como aseguraba mi compañera, no disfrutábamos del derecho a descansar. Las vidas de otros dependían de nuestra lucha constante.

«¿Para el Lobo soy un simple elemento, una mera etapa de su plan? —pensé mientras mis emociones fluctuaban como el precio del petróleo—. ¿O hay algo más tras todo este embrollo? Es cierto que tengo el perfil idóneo para lo que él pretende. El éxito profesional me ha conducido a esta situación y, al fin y al cabo, mi don ha sido el culpable de su elección. Todo se remonta al día de mi nacimiento. Me invade la sensación de ser la última pieza de un puzle. Y me pregunto: ¿de arder, sabré renacer de mis cenizas?».

103

Sentí ganas de orinar. Apenas había dado dos pasos con dirección al baño cuando oí que chistaban a mi espalda: *chist, chist*.

«El Lobo».

Me di la vuelta y, sobrecogido, miré la pantalla de mi ordenador portátil.

—No son horas, detective.

Me aguanté las ganas de mear —la ocasión lo merecía—, y me senté de nuevo ante el ordenador. En su pantalla vi la misma habitación de siempre, pero esta vez la silla estaba vacía. Asimismo, advertí que el techo ya no estaba manchado de sangre. Todo relucía como la primera vez.

—La vida está llena de imprevistos, ¿sabe, detective? —explicó nada más estuve ante la webcam—. Y no podemos lloriquear cada vez que nos ponen la zancadilla, ¿no cree? Atienda a esta reflexión del magnífico Alejandro Dumas: «No hay ventura ni desgracia en el mundo, sino la comparación de un estado con otro, he ahí todo. Solo el que ha experimentado el colmo del infortunio puede sentir la felicidad suprema. Es preciso haber querido morir, amigo mío, para saber cuán buena y hermosa es la vida». Hay que superar las adversidades para aprender a valorar la fortuna. Así que, quizá la prueba a la que le estoy sometiendo, le sirva a la postre como un aprendizaje de vida más. Quizá tras nuestro *affaire* nunca vuelvas a ser el mismo, detective Jayden Sullivan.

Igual se dirigía a mí de «tú» que de «usted», claro síntoma de su inestabilidad emocional.

104

—Escuche usted esto, rubricado por Facundo Cabral —dije remarcando la palabra «usted», un poco de vuelta de todo—: «Y que no te confundan unos pocos homicidas y suicidas, el bien es mayoría pero no se nota porque es silencioso. Una bomba hace más ruido que una caricia, pero por cada bomba que destruya hay millones de caricias que alimentan la vida». El bien siempre busca la manera de abrirse camino, Lobo Feroz.

—¿Usted cree? Podría darle mil ejemplos del mal triunfando sobre el bien.

—Casos aislados. La sociedad se rige por unas leyes, que predominan y son un arma ante tipos de su calaña. Según dichos parámetros, usted es un ser deleznable, y ahí reside el triunfo del bien sobre el mal. Obrar fuera de la ley está penado. Tus actos se castigarán con una merecida cadena perpetua. Yo te mandaría sin pestañear a una cámara de gas. En fin. Resumiendo: el bien abunda, y el mal es solo el refugio de indeseables y tarados.

Me aplaudió con énfasis.

—Excelente exposición, detective. ¿Ha acabado?

—Es todo.

—Me ha encantado charlar contigo, de verdad, pero no vuelvas a llamarme fuera de las horas prefijadas, o las mataré a todas sin pestañear.

Me guiñó el ojo y cortó la transmisión.

Contacté con él para pedirle tiempo. Pensé que usando su prepotencia a mi favor conseguiría que retrasara los asesinatos. Pero durante nuestra conversación entendí que no iba a acceder a darme un segundo de tregua. Así que desistí de rogarle una prórroga. No me apeteció darle el gusto de negármela.

HORAS MÁS TARDE

Todos sabían a qué me dedicaba y nadie juzgó —o eso pensé— que llegara más bien justo al entierro. Accedí al cementerio acompañado por mi hija y mi compañera; no podía imaginar un mejor apoyo moral. Dentro encontré a Rotze y a Helen, y a un sinfín de familiares. También a muchos conocidos, con los que no trataba desde hacía años. Si bien, yo los recordaba como si hubiera hablado con ellos un segundo antes de cruzar la puerta del camposanto. Saludé a mi hermana y a mi exmujer con escasas ganas de relacionarme con nadie. No obstante, no podría escapar de los pésames.

Me hizo especial ilusión tropezar con el sheriff Collins, ya jubilado. Seguía tan imponente como antaño. Lo acompañaba Susan del brazo. Me señaló con el dedo índice, agitándolo sonriente: «Eres grande, Jayden Sullivan», dijo antes de estrechar mi mano y después tirar de ella para darme un fuerte abrazo.

—Lo siento mucho, hijo —me susurró cariñoso al oído.

—Lo sé, sheriff.

Cruzamos miradas cómplices. Nosotros sabíamos que siempre se es un agente de la ley, por mucho que uno no pueda llevar una placa enganchada en el cinturón o una estrella dorada asida a la camisa.

El coche fúnebre aparcó ante la puerta del camposanto. Mi madre no quiso que celebráramos ninguna misa en su honor. «Chorradas», decía. «El muerto al hoyo y el vivo al boyo». Al igual que su hijo, no era aficionada a las iglesias ni le hacía especial ilusión yacer en una tumba. Pero mi padre fue un ferviente devoto, y ella quiso descansar a su lado a pesar de sus ideas encontradas.

Los hombros de cinco allegados y el mío soportaron el peso del ataúd que preservaría el cuerpo de mi progenitora. Quise llevarlo aun con el hándicap que suponía tener un brazo escayolado.

«A menos de un palmo estás de mí, y es como si te tuviera a un millón de kilómetros —pensé sintiendo cómo el féretro presionaba mi músculo trapecio—. Sin embargo, volveremos a leer junto al calor del fuego, a reír a orillas del río, a jugar con papá a las cartas. Nos reuniremos en mi mente para volver a ser una familia».

Mi madre me transmitió su forma de ver la existencia y yo intento hacer lo mismo con Megan. Me enseñó a no medir el tiempo en años, sino en momentos. «Hay personas que respiran cien años y en realidad no han vivido ni uno», decía a menudo. Disfrutó de la vida como si cada segundo fuera el último: tal vez, el motivo por el que despedirme de ella resultó menos doloroso de lo esperado.

«No he sabido aplicar tu filosofía. Espero que sepas perdonármelo. ¿Cuántos años habré vivido yo realmente, mamá?».

Una vez estuvo soterrada, me despedí de todos e inicié, junto a mis dos acompañantes, la vuelta a casa. Atrás quedaba un cementerio de los que no abundan, con lápidas a ras de suelo y cruces clavadas en la tierra. Un almacén de cuerpos. Pues lo que realmente somos —muchos aseguran que almas—, nadie sabe a dónde va.

UN BOLSO DE CHANNEL

El ascensor no funcionaba.

Megan y Jo iniciaron una carrera escaleras arriba, empujándose entre risas, tirándose de la ropa...

«Todavía se harán daño. —Suspiré, entretanto superaba peldaños a un ritmo sensato—. Son como niñas de parvulario. Una prácticamente lo es, y la otra... La otra es una preciosa jovencita que, obviamente, no recuerda que hay un agente apostado en la puerta. Me gustaría ver su cara cuando, haciendo el ridículo como lo está haciendo, se lo encuentre de cara».

Sonreí y enseguida noté que me vibraba el móvil dentro del bolsillo de la americana.

—Dígame, jefe.

—Como presentía, todos tienen cubiertas las espaldas. Ninguno de los agentes que investigaron la escena del crimen del pozo pudo ser quien mató a la chica. Son padres de familia, Jayden, y la mayoría estaba en casa, con sus mujeres e hijos, cuando la asesinaron. Ese tipo te está mintiendo. Esperaremos a ver qué sucede esta noche, pero... Si vuelve a matar, Jayden, nos veremos obligados a redirigir el caso.

«A pedirle ayuda al FBI, dirás».

—De acuerdo.

—En mi despacho a las…

—Hoy podrá dormir tranquilo. «Ya cargaré yo con todo, como siempre». Buscaré soluciones, o lo intentaré hasta que amanezca.

—Deberías procurar dormir un poco.

—Lo que no entiendo es cómo usted puede conciliar el sueño.

Colgué de forma brusca.

—¿Te ayudo? —se ofreció Jo, consciente de mis pocas ganas de cocinar.

—Me apaño con una mano. Ve con Megan. Ponte algo para beber y preparad la mesa.

—Eso está hecho.

Abrió la nevera y sacó un refresco para mi hija. Ella se sirvió una copa de vino blanco.

—¿Quieres? —dijo pasándome el líquido ante la nariz. El aroma me avivó la sed.

—Sí, gracias.

Vertió el caldo en un vaso —por lo visto, mi categoría no alcanzaba para una copa—, lo dejó sobre la encimera y se marchó al comedor.

Oía sus voces de fondo mientras cocinaba mi famosa *Fondue* de queso. Hablaban de ropa, películas, series, libros y..., chicos.

«¿Chicos? No me la perviertas, Jo».

—Mira lo que me ha regalado Mike —escuché.

—¡No me lo puedo creer! ¿Es auténtico?

—Por supuesto.

«¿Quién es ese jodido Mike? ¿Me están vacilando a propósito?»

No aguanté la presión. Apagué los fogones y salí al encuentro de «mis» chicas.

—Ejem... —dije desde la puerta—. ¿Quién es Mike?

—Adiós —espetó Jo con las manos en la cabeza—. No me gustaría estar ahora mismo en tu pellejo, bonita.

Megan sonrío 'entre la espada y la pared'.

«No seas tonta. No intentes engañarme. No puedes. Y lo sabes».

—Un amigo —contestó.

«Mentira».

—Eh... —Me acaricié el mentón de forma cómica—. Ahora mismo podría decirte tres gestos que delatan tu trola. Esconderme la verdad es inútil, hija.

—Esto se pone interesante —dijo mi compañera mientras se acomodaba en el sofá como quien está a punto de ver una

111

película con un bol de palomitas sobre el regazo—. Tu padre es un maestro en el arte de destapar engaños, así que...

—Si eso ya lo sé —murmuró cabizbaja—. Hasta le he puesto un nombre de...

Se detuvo justo a tiempo.

«En boca cerrada no entran moscas, joder. Es nuestro secreto».

—Trae ese bolso, anda.

Puso el asa en mi mano «buena», dubitativa.

—¿Un amigo te regala un bolso de Channel?

«Y encima es original».

—Es mi novio. Ya está, ya lo he dicho. No creo que sea delito tener novio, ¿no?

Un sudor frío me recorrió la espalda.

«La madre que me parió. Se hace mayor y no me estoy dando cuenta».

—En esta casa sí, tener novio es un delito, y grave. —Intentaba aguantarme la risa, pero a duras penas lo conseguía. La verdad es que hacía mucho que no me desinhibía así. Tenerlas a las dos juntas logró que me relajara, algo que a esas alturas de la investigación creía prácticamente imposible—. Quiero conocer a ese tal Mike.

—¡¿Para qué?!

—¡Pues para qué va a ser! ¡Para pegarle un tiro!

Jo soltó una estridente risotada mientras aplaudía con entusiasmo.

—¡Papá! —quejumbró Megan—. ¡Deja de hacer el tonto!

Y entonces los tres estallamos a reír.

«Lo doy todo por los demás —medité mientras las observaba dichosas— y nunca te he pedido nada a cambio. —Fijé la mirada en mi compañera, que seguía desternillándose al lado de mi hija—. Pero hoy voy a pedirte algo, universo: no permitas que nadie les haga daño».

Muchos imaginan el bienestar como una falta de pobreza, de enfermedad o de soledad. Si nos ceñíamos a los hechos, yo tenía dinero, salud y cariño. ¿Qué me faltaba? ¿Amor? ¿O me sobraba algo? Cuando pensaba en la felicidad mi conclusión siempre era la misma: tipos como el Lobo Feroz impedían que la alcanzara.

La cena resultó todo un éxito. Pero «la hora» se acercaba. Le transmití a Jo con una tensa mirada que se aproximaba el momento. Así que despidió de Megan y se ausentó con gesto preocupado; ella, mejor que nadie, sabía lo que me esperaba a las once. La siguiente en abandonar la mesa fue Megan, a quien, por tercera vez en poco tiempo, me vi obligado a confinar en su cuarto.

«Se lo compensaré. Quizá al final no mate a ese novio suyo».

Sonreí de medio lado y esperé a que mi reloj de pulsera marcara las once en punto.

El asesino confeso apareció al lado de Margaret Clark, la propietaria de la casa que por poco se convierte en mi tumba. Se confirmaban nuestras sospechas tras el incidente en Staten Island.

La silla se le ajustaba a sus voluminosas caderas. El miedo había desteñido sus carrillos, que seguro lucían sonrosados antes de pasar a manos del Lobo Feroz.

—Buenas noches, detective —me saludó mientras ponía su mano derecha sobre la cabeza de la secuestrada, que «posaba» amordazada, aterrada y tensa—. Hoy me duele la espalda y no me apetece darle a la sin hueso, así que mañana ya hablaremos largo y tendido, ¿le parece?

—Me gustaría conversar sobre...

—No. He dicho que no. Hoy solo vas a presenciar un asesinato.

»Ni siquiera hace falta que entres aquí conmigo.

»Será un visto y no visto.

»Pero mis prisas no te importan, ¿eh, detective?

»En cuanto corte esta transmisión, sé que volverás a este momento.

COMO UN VAMPIRO

Me introduje en la estancia lechosa. Para mi fortuna, las cámaras que el asesino había instalado en la habitación me mostraron —como en la anterior retransmisión— cada uno de sus recovecos. El Lobo, arma en mano, se dirigió presto hacia Margaret Clark y presionó en su sien el cañón de su pistola. Y entonces vi algo no visto anteriormente.

—*Stop*. —Detuve la evocación y la rebobiné, reiniciándola a cámara lenta, fijándome en aquel simple detalle que al final lo supuso todo.

El recuerdo había aportado novedades nulas. Pero gracias a Sam conseguí remembrar el caso desde su inicio, desde el paseo noctívago tras el que todo empezó, y lo más importante, con la posibilidad de focalizar con mayor análisis. Nunca antes lo había logrado con un tramo de vida tan amplio, sin fisuras, sin partes en blanco. La estimulación magnética transcraneal dio sus frutos como vaticinó. Y como también predijo, facultó que percibiera lo que no conseguí en tiempo real ni en los posteriores recuerdos: la prueba definitiva.

Me incorporé de la camilla ante la asombrada cara del psicólogo, como un vampiro de su ataúd reclamado por una descontrolada sed de sangre.

—Lo tengo.

HORAS ANTES

Apretó el gatillo y esta vez los sesos de la mujer resbalaron por la pared. Margaret Clark murió en el acto. Y la emisión se cortó de repente, expulsándome del esbozo mental. Lancé el portátil contra la pared, me levanté, lo recogí y lo volví a estampar, esta vez contra el suelo. «¡*Joooooder*!». Me miré la escayola, apreté los dientes y la golpeé también contra el parqué, fracturando el yeso. A base de tirones acabé de arrancármela, ido, enajenado, pasado de vueltas. Jadeante, miré instintivamente hacia el techo; mi traicionera mente no tardó en mancharlo de sangre.

«No lograré detenerle —pensé con la mirada abismada en las salpicaduras rojas—. No deja cabos sueltos».

Entretanto me hundía, fui recordando algunas de sus frases:

«"Ahí has de basar tus esperanzas, detective, en el hecho de que nada es imposible". "No busques más allá de estos encuentros; no pierdas el tiempo investigando a mis futuras víctimas, no hallarás nada; y no te atrevas a acudir a nuestra cita acompañado, o pagarás las consecuencias". "Le doy mi palabra: si obtiene mi nombre, me entregaré". "A partir de dicho descubrimiento, cuatro noches, cuatro muertes"».

Un número ingente de retórica barata desfiló por mi mente. No obstante, una de sus frases me alentó a seguir: «No busques más allá de estos encuentros».

Decidí, como último recurso, recordar como no había recordado nunca.

Telefoneé a Sam Baker.

—Sam, necesito verte en tu consulta. Se trata de un asunto de vital importancia.

—Claro, Jay. ¿Nos vemos allí en una hora?

—Perfecto.

Manhattan lucía inmensa cuando la noche se apoderaba de ella.

«Si ahora acelerara al máximo, todo se convertiría en un sinfín de líneas de color sin un término divisable. —Entrecerré los ojos—. Como mirar a través de un caleidoscopio».

Sam me esperaba en la calle, vistiendo un abrigo negro que lo arropaba hasta las orejas; a aquellas horas el frío empezaba a hacer mella.

—¿Y la escayola? —preguntó cuando estuve a su lado.

—La escayola se ha ido a tomar viento.

En su lugar me había colocado una muñequera.

—Subamos, pues.

—Sí. Vamos.

Puse la calefacción a todo trapo y en apenas cinco minutos me sobraba la mitad de la ropa.

—Menudo frío hace en la calle —mencionó ya sentado tras su mesa de despacho—. Dime. ¿Qué ha ocurrido?

—¿Recuerdas al asesino cabrón egocéntrico? —Asintió pausado—. Pues de no hacer nada, se va a salir con la suya. Ya ha ejecutado a dos mujeres y si cumple sus amenazas matará a tres más. Y no podemos consentirlo.

—¿Y qué propones que hagamos?

—Como ya sabes, soy capaz de revivir momentos del pasado con una precisión que roza lo sobrenatural. Pero mis capacidades solo me permiten hacerlo con espacios de tiempo limitados. Una mañana o una tarde como mucho. Y no puedo rendirme sin antes gastar el cartucho que me queda. Al recordar por fragmentos, pierdo extensiones de tiempo. Lo que necesito es reconstruir el caso de principio a fin. Algún tipo de mecanismo, droga…, lo que sea; cualquier cosa que potencie mis capacidades, que me haga evocar mayores tramos y con mayor precisión. —Sam se mantuvo reflexivo—. Dime que sabes cómo hacerme recordar como nunca.

—Lo que puedo decirte es que vamos a intentarlo. Pero antes voy a ponerme en plan didáctico. Atiéndeme —dijo con la mirada afianzada en la mía—. La estimulación magnética transcraneal es una forma no invasiva de avivar la corteza cerebral. Generalmente se usa para el tratamiento de diversos padecimientos y trastornos neuropsiquiátricos y, aunque, digamos, se trata de un sistema más bien experimental, hoy en día se sabe que produce efectos neuroprotectores que ayudan, al menos temporalmente, a personas afectadas por enfermedades neurológicas degenerativas como la esclerosis múltiple, el mal de Parkinson y la enfermedad de Alzheimer, y que incide

118

también muy favorablemente en la modulación de la plasticidad cerebral, que es la capacidad que tiene el cerebro para renovar o reconectar circuitos neuronales. Por lo tanto, ayuda a preservar la memoria.

—¿Y cómo funciona?

—Te colocaré un transductor para que estimule tu hipocampo. Intentaré hacerlo lo mejor que sepa, pero te advierto que es un proceso nada ordinario. Te recomiendo no interrumpir la rememoración, a no ser que encuentres lo que buscas. Si lo que pretendes es no perder intervalos de tiempo, empieza y sigue hasta el final. Nunca se sabe dónde puede aparecer una pista, ¿no?

—¿Y tú tienes un transductor de esos?

—Pues resulta que sí.

—Entonces, ¿qué hacemos aquí de cháchara?

Sam sonrió de medio lado.

—¿Ni siquiera vas a preguntar por los efectos secundarios?

«El único efecto secundario que me preocupa es perder a otra mujer a manos del Lobo Feroz».

—No, amigo. Un sabueso no vacila ante un indicio. —Me levanté impetuoso y él hizo lo mismo—. Es hora de rastrear en el pasado.

SIGNOS

—Lo tengo.

—¿Ha funcionado?

—Y tanto que sí. Como tener un tercer ojo —expliqué mientras experimentaba un leve dolor de cabeza—. Como leer dos páginas de un libro al mismo tiempo. Es difícil de explicar.

—Fantástico.

Todavía tumbado en la camilla, recuperándome del intenso viaje al pasado, señalé mi americana con el mentón. «Pásamela, por favor». Sam la descolgó del perchero y me la acercó. Yo, apresurado, saqué mi móvil de su bolsillo derecho y marqué el número de teléfono de Carter.

—Dime, Jay.

—Sé que prometí no molestarle hoy, pero tengo algo importante.

—Sabía que lo lograrías.

—No adelante acontecimientos, señor. Nos vemos en su despacho en media hora. Allí le explicaré con pelos y señales lo que he averiguado. Ah, y consígame cagando leches a un intérprete de la lengua de signos.

—¿Lengua de signos?

—Sí, hombre, la que usan las personas sordas, ¿sabe?

—Sí, claro. Dalo por hecho. Conozco a alguien que... En fin. Voy a hacer un par de llamadas. Nos vemos en un rato.

No sería capaz —sin retroceder— de contar todas las veces que suspiré aquel día que apenas empezaba a clarecer. Mis esperanzas reaparecieron como el sol más allá de las ventanas de la consulta.

El trío habitual estaba de nuevo reunido en el despacho de siempre: Jo, Carter y un servidor. No obstante, en dicha ocasión nos acompañaba una joven policía: Stephanie, de hermano sordomudo. Tras las presentaciones de rigor, me senté en una silla parecida a la que aguantó el peso de Margaret Clark cuando dejó el mensaje que a punto estábamos de descifrar.

—Bien —dije dispuesto a imitar lo que vi—. Dime qué dicen mis manos.

Stephanie asintió y yo las moví tal cual lo hizo la recientemente fallecida. Como habréis deducido, Margaret Clark también tenía en su familia a un discapacitado auditivo y vocal.

—Es una dirección en *Little Italy*, en el Bronx —aseguró la joven tras observar mis movimientos manuales—: Avenida Hugues, nº 2012.

Le di las gracias a Stephanie y me dirigí al comisario:

—Haga los honores.

Buscó la dirección en su ordenador.

122

—No hay duda —dijo enfático—. En nuestros archivos consta que en el n° 2012 de la Avenida Hugues solo vive una persona: Mason, sin antecedentes penales.

«Te tengo».

No sería capaz de describir la inmensa satisfacción que sentí.

«Tal vez, durante su cautiverio, conoció a las tres chicas que aún están en manos del Lobo. Un acto de amor desinteresado. Ella ya estaba condenada, pero no quiso marcharse sin antes intentar salvarlas. Bravo, Margaret».

—¿Y ahora qué? —preguntó Carter.

—Deberíamos esperar a las once. Si intentamos arrestarle y nos ve venir... Estoy convencido de que cumplirá con su parte del trato; si le doy su nombre, se entregará.

—No lo dirás en serio. ¿Confiar en la palabra de un asesino?

—No le estoy pidiendo que confíe en él, le estoy pidiendo que confíe en mí.

—Eso sabes que lo hago a pies juntillas.

—Entonces deme hasta mañana y le entregaré a Mason Cook Coleman y a las tres chicas sanas y salvas.

—Mantente en contacto conmigo en todo momento. En cuanto lo tengas, llámame de inmediato. Mantendré esta reunión en secreto hasta que des la orden de hacerlo oficial.

—Gracias, jefe. —Le estreché la mano con convicción—. Y ahora vayamos a investigar a ese hijo de perra. Estoy deseando arrancarle la máscara de un tirón.

Muchas veces imaginamos las facciones de alguien que nunca hemos visto y, en raras ocasiones, lo figurado se acerca a la realidad. El rostro de Mason Cook no fue una excepción. Una cicatriz espeluznante le cruzaba la cara de izquierda a derecha, desde la ceja hasta el rabillo del labio. Mi mente lo imaginó más viejo y, por qué no decirlo, más feo. Aunque luciera aquella escalofriante marca, descubrí a un hombre atractivo, moreno y de pelo liso hasta los hombros. Si hubiera necesitado el nuevo sistema de detección de rostros de Scott, habría puesto de base al actor —no recuerdo su nombre— que da vida a John Nieve en la serie Juego de Tronos.

Dado el dominio del *crackeo* del que hacía gala, deduje que los datos extraídos de las bases de datos podían ser falsos. Lo que resultaba irrefutable, gracias a Margaret Clark, era donde se escondía. Por lo demás, y en principio, andábamos a la caza de un hombre corriente a ojos de los demás, que faenaba de estibador en el puerto de Newark, soltero y sin hijos, de padres fallecidos y con un único familiar vivo, su hermana Madeleine, residente en Sidney. Una persona que no conocía de nada; y a mí no se me olvida nadie.

«La dicha no se aprecia —pensé conduciendo de vuelta a casa, con Jo de copiloto—, si antes no se ha saboreado el padecimiento. Lo dijo Mason Cook, también conocido como el Lobo Feroz —recordé entre divagaciones, feliz, animado—. "Hay que superar las adversidades para aprender a valorar la fortuna. Así que, quizá la prueba a la que le estoy sometiendo, le sirva a la postre como un aprendizaje más de vida. Quizá, tras nuestro *affaire*, nunca vuelvas a ser el mismo"».

Y no le faltaba razón. Tras saborear la calamidad, uno no vuelve a ser el mismo. La vida es una evolución constante. Nos vamos transformando desde el día de nuestro nacimiento hasta el día de nuestra muerte. Y el caso del Lobo Feroz me convirtió en un hombre distinto.

LA ÚLTIMA CONEXIÓN

—Te quiero —le dije, entretanto ella abría la puerta de su Mustang.

Ni siquiera sé por qué lo hice. Tal vez me empujó a hacerlo la emoción del momento, la satisfacción ante un trabajo bien hecho... La felicidad, al fin y al cabo. Pero ella no supo, o no quiso, entenderme.

—Eso ya lo sé —contestó como quien lee la lista de la compra—. Yo también te quiero.

«En realidad era un "te amo"».

—Me largo a casa a contarle las buenas nuevas a Megan.

—Sí, anda, lárgate antes de ponerte más melancólico. El subidón del éxito siempre te pone raro. Yo voy a descansar un rato, estoy molida.

—Pues a ti te deja igual de borde, la verdad —concluí justo antes de que cerrara la puerta y, a través del cristal, me sacara la lengua.

«Tú ve enseñando así la sin hueso que... —pensé sintiéndome el lívido por la nubes— cualquier día le pego un lametazo».

Cuando entré en mi piso anduve directo al servicio; necesitaba desfogarme. Llevaba días sin hacerlo y me apetecía celebrar los recientes acontecimientos. Una vez estuve sentado en el retrete, con los pantalones y los calzoncillos a la altura de los tobillos, hice lo que tantas otras veces: retroceder hasta un recuerdo sexual. En aquella ocasión me apeteció volver a tener relaciones con Rotze. Así que volví al 12 de agosto de 2007, al momento en que la penetraba sobre la cama mientras su espalda y su fina cintura se contorneaban ante mí, mientras sus nalgas golpeaban mis muslos. *Pas, pas, pas...* Sentí el tacto de su piel y escuché sus gemidos, y percibí el aroma de su aliento como si la tuviera delante.

No tardé en correrme sin usar las manos.

POCO DESPUÉS

La puerta entreabierta dejaba escapar la tenue luz del interior de la habitación de mi hija. La abrí poco más de un palmo, lo justo para que se me viera la cara. La encontré tumbada sobre su cama, leyendo en su dispositivo Kindle.

—¿Qué lees, cielo?

—Ah, hola, papá, ¿ya estás aquí? Estoy leyendo la novela Shambhala, de la autora Marta Martín Girón.

—Ah, muy bien. He venido a acostarme hasta la hora de la cena. Llevo días durmiendo mal y creo que hoy podré conciliar el sueño. ¿Y sabes por qué?

—Dime.

—Mañana vamos a pasar el día juntos. Tu confinamiento termina esta noche. Digamos que Mémori ha triunfado contra el mal.

Le guiñé el ojo.

Se levantó y saltó sobre la cama como una niña pequeña.

—Quiero ir al cine —rogó sin dejar de botar—, a comer a Wendy's, al centro comercial, a pasear por el puerto y luego entrenar cuerpo y mente con mi padre el superhéroe.

«Y yo quiero tu vitalidad».

—Haremos lo que te plazca, hija. Si tienes energía para aguantar todo eso...

—¡*Yuju*!

—En fin. Me acuesto un rato, ¿vale? Despiértame a las nueve y preparo la cena, ¿okey?

—Claro.

Me dirigí fatigado a mi habitación. Con el pijama ya puesto me arropé hasta el cuello y pensé:

«Pasa rápido, tiempo. Quiero decirle su nombre».

De pronto, me entraron dudas:

«Espero que seas un hombre de palabra, Lobo. He ganado y quiero cobrar mi premio: tu libertad y la vida de tres jóvenes inocentes».

Cenado y con la esperanza de que fuera por última vez, envié a Megan a su cuarto a las once menos cinco.

Superé aquel corto lapso de tiempo con la mirada fija en mi reloj de pulsera, esperando a que su aguja larga apuntara al doce y la corta al once. Cuando esto sucedió, cliqué inmediatamente sobre el icono del lobo. Y como venía siendo habitual, tras hacerlo encontré lo que no esperaba.

Sentado en la silla sobre la que había asesinado a dos mujeres a sangre fría, lo descubrí cabizbajo y sin careta. «Se anticipa a mis movimientos. ¿Cómo es posible?». Su largo cabello ocultaba su rostro, como si ante sus ojos cayera una catarata de crudo. Las doce cámaras instaladas a su alrededor me permitieron nuevamente entrar en la sala.

Todo estaba tan turbio como la primera y la segunda vez, la que me otorgó su nombre.

Habló sin moverse:

—Un simple y minúsculo detalle puede mandar al traste años de trabajo. ¿Por qué los grandes logros requieren de tanto esfuerzo y en cambio, el fracaso acude a nuestro encuentro al más mínimo despiste? Le contestaré, detective: porque la vida nos empuja a la debacle. Hemos de luchar continuamente para frenar su efecto destructor. Si te quedas quieto, mueres de inanición: primer hándicap que nos otorga nada más nacer. La vida nos incita a luchar. No es amiga de conformistas ni de indolentes. Quien no le planta cara, acaba defenestrado. ¿Y sabes qué? Eres un luchador, Jayden Sullivan.

«Vio que movía las manos».

—Viste lo que hizo Margaret, ¿verdad?

—Sí. Y puedo asegurarte que apreté el gatillo tan rápido como pude, y que después recé para que no lo hubieras percibido ni lo hicieras en posteriores revisiones.

—Diste demasiadas concesiones a alguien con demasiadas capacidades.

—No, detective, no... Así es como debía ser. ¿Sabe quién fue Pol Pot? —preguntó ante mi sorpresa.

—No.

—Un dictador camboyano y el principal líder de los Jemeres Rojos, desde la génesis de estos en la década de los sesenta hasta su muerte en mil novecientos noventa y ocho. Llevó a cabo una drástica política de reubicación de la población de los principales centros urbanos hacia el campo, donde les obligó a cultivar la tierra o morir de inanición. Además, dio órdenes de quemar cualquier indicio de desarrollo, maquinaria o medicamento. A la par de estas medidas, realizó también enormes matanzas de disientes al régimen e intelectuales; llegó al punto de asesinar por hablar un segundo idioma o usar gafas. Se le adjudican un millón setecientos mil muertos. —Se detuvo un instante sin desviar la mirada del suelo—. Se preguntará dónde quiero llegar, ¿cierto? Ni más ni menos que a otra pregunta. ¿Por qué no le conocía usted, detective? Y permítame lanzar una última cuestión, que le hará entender el porqué de mis acciones, de esas concesiones y riesgos que, según su parecer, me han conducido a la derrota. ¿Sabe quién fue Adolf Hitler?

Sabía perfectamente dónde quería llegar.

«No podía conformarse con asesinarlas sin más, con salir victorioso ante un detective común. No si quería pasar a la historia como el más grande».

Alzó la cabeza y le mostró su cicatriz a la cámara principal. Yo ya no le miraba a través de ella, sino a un palmo de sus narices. Caminé alrededor y leo observé detenidamente: fuertes brazos, ancha espalda...

—He ganado —dije sin preámbulos—. Y quiero mi premio. Cumple con lo acordado, Mason Cook Coleman.

—Me pondrá unas esposas. Le doy mi palabra. No estoy obligado a cumplirla, pero entonces no podría mirarme al espejo cada mañana. Soy un hombre de honor. Prefiero una vida digna en prisión que una en libertad azotado por la vergüenza. Se lo repito: me detendrá sin sufrir ningún daño. Pero no sin antes deleitarme con una última charla. ¿O no quiere saber el porqué, el cuándo, el cómo..., la razón de todo? Puede venir armado y esposarme si eso le tranquiliza. No obstante, venga solo, o incumpliré mi promesa. Únicamente deseo que entienda una cosa: cómo estando como estaré en sus manos, ambos habremos perdido y ganado.

DE RUTA A LA ETERNIDAD

«Ambos habremos perdido y ganado», medité al tiempo que marcaba el número de teléfono del comisario.

Aquellas cinco palabras me hacían temer lo peor. Intenté obviarlas y clasificarlas en mi mente como 'simple retórica de un loco vencido'. Pero aun así no conseguía que el miedo se retorciera en mis tripas como una enredadera venenosa. No temía por mi vida, sino por las de las tres chicas y las de mi Megan, mi Helen, mi Joe...

—¿Qué ha pasado, Jay?

—Voy a su encuentro. Me ha facilitado unas coordenadas. Conducen a una granja a las afueras, cerca del lugar donde encontramos a Alison Avner. Se las paso por WhatsApp.

—Si fuera por mí, mandaría ahora mismo a los SWAT.

—Se adelanta a todos nuestros movimientos. Siempre va un maldito paso por delante. Si envía al cuerpo especial, lo único que conseguirá será tres cadáveres. ¿Es eso lo que quiere? Manténganse alerta, pero no actúen hasta recibir mi señal.

—¿Has avisado a Jo?

—Todavía no.

—Yo me encargo de ponerla al tanto. Seremos tu sombra, entonces. No advertirás nuestra presencia, pero estaremos ahí.

—Os llamo cuando tenga la situación controlada.

—Mucho cuidado, Jay.

—Yo nunca bajo la guardia.

Las luces de mi Mustang alumbraban el estrecho y terroso camino. A baja velocidad y siguiendo la ruta prefijada en mi navegador, me dirigí pensativo a la granja en la que esperaba Mason.

La noche se dejaba estudiar sin reparos; una luna inmensa iluminaba el maíz, el trigo, el centeno… Por el espejo retrovisor avisté el pozo donde la tiró sin reparos, y sin pretenderlo la recordé abandonándolo sucia y mojada.

«¿La tiró cerca de donde la escondía?»

Mi mente, al igual que las ruedas de mi coche, parecía no querer dejar de girar. Frases inconexas, cavilaciones fugaces, alusiones que aparecían como ágiles destellos…

«Únicamente quiero que comprenda una sola cosa, detective: cómo estando como estaré en sus manos, ambos habremos perdido y ganado.

»Tendremos más tiempo para estudiar.

»Solo nos vamos cuando se nos olvida.

»Quizá tras nuestro *affaire* nunca vuelvas a ser el mismo.

»¿Estás usando bien tus poderes, Mémori?

»Yo también te quiero».

Mientras me abismaba entre porciones de memoria, las luces de mi transporte alumbraron un cochambroso cartel: «Granja La Eternidad».

«No somos capaces de entender lo eterno ni lo infinito —medité ante el letrero—. No podemos comprender un elemento sin un fin. El universo, el tiempo... Si mandáramos la vista a recorrer el cosmos se nos haría imposible asimilar ese viaje sin un término. ¿Y la vida? ¿Tiene un desenlace? ¿Concluye con la muerte? Si hoy no alcanzo el amanecer, ¿me espera un mañana?».

Estacioné ante el inconsistente vallado que cercaba la granja. Al fondo, tras un camino que dividía dos campos de cultivo, se encontraba una construcción igual de endeble que las tablas usadas para delimitar el lugar. Una finca que a simple vista parecía abandonada. Sin embargo, a pocos metros de la edificación principal, la puerta entreabierta de un granero dejaba escapar luz artificial.

Avancé a través de los cultivos. Aunque apenas rompía el silencio, sabía que él me oía prosperar. Me detuve ante el almacén que parecía llamarme a gritos. Examiné los viejos tablones que componían su fachada.

«¿Desde aquí emitía la señal? —pensé, alzando la vista hacia las antenas que despuntaban en su tejado—. ¿Dentro encontraré la habitación blanca?».

Desenfundé mi Glock y me acerqué a la línea de luz tras la que esperaba Mason. Con el arma alzada y el corazón excitado, asomé un ojo por el hueco de la puerta, para descubrirlo sentado en uno de esos bajos taburetes que los granjeros utilizan para ordeñar. A su alrededor solo distinguí vigas y balas de heno.

Me miró.

Su cicatriz se clavó en mis retinas.

—Pase, detective —dijo iluminado por dos focos portátiles—. No ha de temer nada.

Entré apuntándole con mi nueve milímetros. Las dudas, los miedos, los recuerdos…, todo se esfumó cuando lo tuve delante. Estábamos él y yo. Nada más.

—¡Las manos a la cabeza!

Obedeció aparentemente tranquilo.

Agarré sus extremidades con brusquedad y se las puse a la espalda, y lo esposé. Entonces rompió a reír como un auténtico chiflado.

—No sé qué te hace tanta gracia. Ahora eres mío.

Su gesto mutó de la burla a la amenaza.

—De eso nada, detective. Apártate y escucha, o nunca encontrarás a las chicas.

Junto con sus amenazas aparecieron las dudas, los miedos, los recuerdos…

«¿Cómo estando como estaré en sus manos, ambos habremos perdido ganado?».

EL PORQUÉ

—Tome asiento.

Señaló con el mentón un taburete de tres patas idéntico al que él usaba. Lo cogí y me senté ante él, descansando mi pistola sobre mi rodilla derecha. Lo cierto es que la estampa resultaba ridícula; parecíamos dos niños jugando en una guardería. Una vez me percibió dispuesto a escuchar, habló con gesto adusto.

—Empezaré por el porqué. ¿Le parece?

—Haz lo que quieras.

Deseaba acabar con todo, rescatar a las chicas, dejar a Mason en manos de la ley y después tomarme unas bien merecidas vacaciones.

—Procedo a contarle el suceso que nos cambió la vida a ambos.

»Anochecía y mi madre decidió salir antes para evitar atascos. Era el último día del mes de julio y muchos empezaban sus vacaciones. Recuerdo sentir ganas de orinar justo cuando se puso el cinturón. Pero no dije nada. Supuse que pararía a estirar las piernas en algún momento. A mi lado, abrazada a su inseparable osito de peluche, dormía Madeleine.

»Mi madre ajustó el espejo retrovisor interior y contempló a sus dos hijos. Me sonrió y pude apreciar pena en sus ojos. Supongo que ella vio lo mismo en los míos. Un cáncer acababa de llevarse a mi padre. —Mason detuvo la locución y se quedó un instante pensativo—. Le ofrecieron trabajo en la Gran Manzana y decidió empezar de cero, alejarse de todo lo que le recordaba al amor de su vida, de...

—Era azul, ¿verdad?

Mason frunció el ceño.

«Sé el final de tu historia. Y lo siento en el alma».

—¿El qué, detective?

—El coche, ¿era azul, verdad?

—Lo era.

El motivo se zambulló en mi mente como un martín pescador en las aguas de un lago.

—Ahora lo entiende, ¿cierto? —preguntó con gesto triste.

—No sé qué decir. ¿Lo siento?

—Es tarde para pedir perdón, ¿no cree?

—No busco venganza... —susurré como si hablara conmigo mismo.

—¿Qué?

—Dijiste que tu motivación no era la venganza.

—Y no mentí.

—Tampoco te vi en la escena del crimen. No has hecho más que mentir desde el principio.

—No he mentido ni una sola vez. Pronto lo entenderás todo. Quieres conocer la verdad, ¿cierto, Jayden Sullivan?

No contesté. Me limité a ahondar en los recuerdos que, como telón de fondo de un momento, me sobrevinieron sin piedad: su madre incrustándose en un volante; sus llantos y los de Madeleine llamándome desde el interior de un amasijo de hierros; el osito de peluche manchado de sangre; faros iluminando una trágica noche...

—Si quieres respuestas —dijo ante mi mutismo—, tendrás que escuchar la historia hasta el final. ¿Sigo?

Asentí con la cabeza.

—Cuando llevábamos media hora de camino, mis ganas de orinar resultaban insoportables. No obstante, decidí esperar unos minutos antes de pedirle que parara en la primera estación de servicio que encontrara. Madeleine se despertó y se desabrochó el cinturón. Yo hice lo mismo. No nos gustaba llevarlo. Pero nuestra madre, como buena madre que era, nos obligaba a llevarlo puesto. «Eres mayorcita para dormir con un oso de peluche, ¿no crees?», le pregunté burlón a mi hermana. Ni siquiera tuvo tiempo contestar. Dos luces se interpusieron en nuestro camino. Al advertir la colisión, me abalancé sobre el cuerpo de mi hermana, con intención de protegerla.

Se levantó.

No sentí la necesidad de encañonarlo.

También me incorporé.

Me dio la espalda.

—Súbame la camiseta.

Hice lo que me pedía, y descubrí cicatrices como la que afeaba su cara.

—No se imagina los dolores que he padecido desde el accidente —dijo, estando de nuevo cara a cara—. A veces he deseado morir. Cambió nuestras vidas para mal, detective. A Madeleine y a mí nos enviaron a distintos orfanatos. Yo fui adoptado enseguida, pero la cosa no mejoró. Tampoco a Madeleine le sonrió la suerte.

—Siento lo ocurrido, Mason. Te lo digo de corazón. Nunca he olvidado a tu madre. La recuerdo cada día. Te aseguro que pago por lo que hice, en mis sueños, en mis recuerdos...

—Ni siquiera te dignaste a visitarnos al hospital.

—Me bloqueé. La juventud y la depresión me... No hay un solo día que no me arrepienta de ello. ¿Sabes? Sois los únicos que no recuerdo. Soy incapaz de mirar dentro del coche azul. ¿Lo entiendes? Supongo que lo que vi me traumatizo tan atrozmente que mi cerebro decidió expulsar, por una vez, un recuerdo de mi mente. —Dejé de hablar e inspiré profundamente, intentando aclarar mis ideas—. Debí ser yo quien muriera aquella noche, y no un alma inocente.

—No busco tu compasión. Tampoco venganza. Como te aseguré, anhelo la eternidad. Soy un loco con delirios de grandeza, o eso diría un buen psiquiatra. —Se encogió de hombros—. Y, sin más dilación, creo que ha llegado el momento de que me formules la pregunta que tanto deseas hacerme.

Nuestras pupilas se desafiaron durante unos segundos. Mi cabeza intentaba encontrarle un sentido a aquel despropósito, pero no lo conseguía.

—¿Por qué, según tú, ambos hemos ganado?

—Porque tú agrandarás tu intachable palmarés de detenciones. Sin embargo, en aquel coche viajaban dos personas además de mi difunta madre. Y es ella quien busca venganza. —Miró hacia el oscuro rincón de una de las cuadras que quedaban a su izquierda—. Hablo con dos bocas, pienso con dos mentes y busco dos propósitos: el mío y el suyo. Soy dos personas en una. ¿Entiendes, detective? Dos partes de un mismo todo: una maquinación; dos deseos.

Dirigió de nuevo la mirada hacia la sombría cuadra.

—Muéstrate, hermana.

Y Jo apareció de entre la oscuridad.

DESTINO E INTERACCIÓN

Ni siquiera necesitó pedirme que bajara el arma. Mi cuerpo se ralentizó al tiempo que todo se esfumaba en torno a ella: las balas de paja, los travesaños de madera, el suelo tapizado de briznas, incluso Mason. En el establo, granero, o lo que diantres fuera, quedó solo ella, mi compañera durante más de cinco años.

«Dos partes de un mismo todo —recordé entretanto la vida se me desmoronaba vertiginosamente—. Se consideran un mismo ser, y ella estuvo cuando encontramos a Alison. Locos. Es una puta loca. Una asesina. Mentiras. Todo era una puta mentira. ¿Y la amo? La amo. Una farsa. ¿Eso es lo que amo? — Mis sesos parecían alcohol en una coctelera. No conseguía centrarme—. Se adelantaba a mis jugadas. Conocía mi don... ¿Jo conoce mi don? ¿Madeleine conoce mi don? Jo-Madeleine. Madeleine-Jo. La casa —adiviné de pronto— no estalló hasta que su hermana, la pieza clave de su puzle, estuvo a salvo».

Me levanté aturdido y me acerqué a Jo sin saber muy bien qué decir.

—Cielo, ¿qué estás haciendo? Tú no eres una asesina.

—¡No avances o incumpliré el pacto y te mataré aquí mismo! —vociferó mientras me apuntaba a la cabeza con su reglamentaria. Me detuve en seco—. ¡Pagarás por lo que nos hiciste! ¡Nos abandonaste y podrías habernos ayudado! ¡Eras un puto poli! ¡Pudiste habernos evitado mucho dolor! ¿¡No soy así, dices!? ¡Qué sabrás tú cómo soy! ¡No me conoces de nada! ¡Jo solo era un disfraz! ¡Otra máscara de lobo!

La Kinésica confirmó su demencia, y me hundió en lo más profundo de un abismo de desamor.

—¿Crees en el destino, Sullivan? —preguntó él mientras mi mente seguía batallando contra un ejército de incógnitas.

—No.

—¿Y en qué crees? Si es que crees en algo...

—En la interacción.

—¿Interacción? —Su rostro exteriorizó curiosidad, entretanto Jo me encañonaba sin mostrar un ápice de pena—. Interesante. Explícate.

—Somos actores y la vida es nuestro escenario. Mis actuaciones repercuten en las tuyas y viceversa. Eso es todo. Nosotros somos el ejemplo perfecto.

—Por consiguiente, según tus creencias, si le hubiera dicho a mi madre que me orinaba podría haber evitado el accidente. No imaginas cuántas veces he vuelto a aquel día y he pensado precisamente en eso. ¿Un pequeño gesto puede cambiar un destino? ¿O este es inamovible? Quizá si hubiéramos partido diez minutos más tarde, tú hubieras perdido igualmente ese tiempo. Creo que existe la interacción esa de la que hablas, pero asimismo creo que dicha interacción es engañosa, y que en realidad, lo que tú llamas interacción, es el camino que conduce a lo que está escrito. Pienso que tu vehículo y el nuestro debían colisionar aquella noche, y que estamos hoy, aquí y ahora, los tres juntos, porque era nuestro destino.

—Tu destino es pudrirte a la sombra, lo prometiste.

Intenté mostrar firmeza.

«Céntrate, Jayden. Limítate a hacer tu trabajo».

—El pasado, como a mi hermana, no me deja disfrutar del presente. Me importa un carajo dónde amargarme. Desde la muerte de nuestra madre… Fui adoptado por una pareja de maltratadores: él lo hacía psicológicamente; ella incluso me pegaba. Me resultó extraño que me eligieran de entre todos los niños del orfanato. ¿Con esto en la cara? —Se acarició la cicatriz—. Solo querían un esclavo. Por suerte, conseguí contactar con Madeleine gracias a internet y empezamos a urdir nuestro plan de venganza. Ahí empecé a interesarme por el mundo *hacker*, ¿eh, hermana?

Jo sonrió de medio lado.

«Me dormí al volante —cavilé mientras Mason explicaba cómo su hermana se convirtió en 'mi Jo', cómo pasó las pruebas físicas, teóricas e, de un modo inexplicable, las psicológicas, hasta convertirse en la mejor de su promoción y, con el tiempo, en mi compañera—. El coche pudo salirse sin más de la carretera, o colisionar con cualquier otro vehículo, o morir yo en el accidente. Pero no. Tuvo que chocar contra una madre y sus dos hijos locos. ¿Eso es lo que me deparas, vida, un don y una aciaga casualidad?».

—No merezco esto —dije rozando el llanto—. Me he pasado la vida ayudando a los demás, salvando vidas. La venganza no os otorgará descanso.

—Eres el causante de mi agonía —aseguró Madeleine—. Y alcanzaré la redención haciendo uso del amor. Descansaré mientras tú no hallas la paz. No quiero vivir en este mundo injusto. Despídete de Jo, Jayden Sullivan.

«*Au revoir, ciel. Je t'aime*».

—Hasta siempre, hermana —susurró Mason—. Eternamente uno.

Me dejé caer de rodillas y agaché la mirada. No pude desviar la vista de las briznas de paja que forraban el suelo del almacén.

Oí un disparo, y el inconfundible sonido de un cuerpo cayendo fulminado.

De ese modo me condenó a un dolor inmortal.

Usó mi don para perpetuarse en mis recuerdos.

Sabía que yo la amaba, y no tuvo piedad.

ÉXITO Y DERROTA

Sentí cómo me invadía una furia desorbitada.

Amartillé mi Glock y apunté a su frente.

El cabrón ni se inmutó.

—Te lo advertí, detective: ambos hemos perdido y ganado.

—Lo que has hecho es darme una justificación para apretar el gatillo.

—No eres como yo. Si me matas, ¿qué diferencia habría entre nosotros? Tú mismo lo dijiste: «La sociedad se rige por unas leyes que son el arma predominante ante tipos de tu calaña», ¿recuerdas? Aparta el arma o dispara de una vez. —Golpeó con la cabeza el cañón de mi revólver, demostrándome su predisposición a morir—. Escuche. Nada nos une. —Señaló con el mentón a su hermana, que parecía dormir sobre un charco de sangre—. Si usted quiere, para los demás ella seguirá siendo su compañera y yo un simple loco que estibaba en el puerto de Newark.

—¡Jayden! —oí a mi espalda. Reconocí la voz al instante: Carter—. ¿Qué cojones ha pasado aquí? Joder, Jo… Hemos oído un disparo y… No me extraña que no consiguiera dar con ella. Dios santo.

No contesté. Mi superior se colocó a mi derecha, ante el cadáver de su subordinada, y puso su mano sobre mi brazo estirado.

—¿Qué ha pasado, Jay? —susurró—. Baja el arma, hombre. No vale la pena. Que se pudra en la cárcel. ¿Qué ha pasado?

—Que la he matado —sentenció Mason.

Bajé el brazo tras la falsa confesión.

Y guardé silencio, protegiendo la honra de una asesina.

—Síganme —rogó Mason—. Soy un hombre de palabra. Los llevaré ante ellas.

Carter acompañó al detenido sin dejar de apuntarle con su arma. Yo los seguí de cerca. Me sentía fuera de lugar, como si el simple hecho de respirar requiriera de hasta el último de mis esfuerzos, como si desde el ojo de un huracán, esperara a que todo se fuera al traste.

Caminando tras ellos, pensé taciturno:

«Me dormí al volante y colisioné contra un vehículo.

»Dicho accidente provocó que dos jóvenes se quedaran huérfanos y, a partir de ahí, sus vidas se convirtieran en una pesadilla.

»Me culpan de todo, y deciden, uno hacerme pagar y el otro alcanzar la fama a mi costa.

»Crean dos identidades, Jo y el Lobo Feroz.

»Se creen un solo ser.

148

»Me estudian y deciden que lo mejor es controlarme de cerca...

»No tenía ninguna posibilidad de éxito —concluí—. ¿Cómo intuir sus motivaciones? Imposible, incluso para mi mente».

Mason anduvo hasta la parte trasera de la granja y señaló un tractor digno de un desguace.

—Desplácenlo —dijo con las manos esposadas a la espalda—. Está preparado para que se mueva sin esfuerzo. Debajo encontrarán una trampilla.

Empujé la máquina e inspeccioné la zona que había quedado al descubierto y, efectivamente, di con una trampilla oculta.

—Ahí tiene su premio, detective —dijo Mason sin perder en ningún momento la sonrisa—. El interruptor de la luz está a la derecha.

En el interior hallé oscuridad. Palpé la pared a mi derecha y encontré el citado interruptor. «¿Serán blancos los muros que estoy tocando?», pensé, confiado a la vez que nervioso. Encendí la luz y se descubrió ante mí la habitación y sus doce cámaras, su silla de metal y, muy asustadas, las tres chicas.

—Policía —anuncié, mostrándoles mi placa—. No temáis. Todo ha acabado.

«Tres vidas salvadas —pensé mientras una a una ascendían la escalera metálica que conducían al exterior—. Lo que he venido a hacer aquí, hecho está».

Nos abrazaron y dieron las gracias. Lloraron y rieron, sintiéndose a salvo tras estar a punto de perderlo todo. Pero a mí aquello no me reconfortó. Mi mente se paseaba por lugares más siniestros que aquella granja.

MÉMORI

Llevaba seis meses de baja laboral. Dos tercios del año sumido en una profunda depresión. Se me hacía molesto el simple hecho de respirar. La muerte se me antojaba el único remedio para los recuerdos que me torturaban.

Mi hija, su novio y mi exmujer venían de camino. Pretendían llevarme a disfrutar de un picnic. Consiguieron persuadirme para que aceptara la invitación, pero lo cierto es que no me apetecía relacionarme con nadie. Desde la resolución del caso del Lobo Feroz, apenas había pisado las calles de Nueva York.

Enterramos a Jo en la más absoluta intimidad. Tergiversé los hechos para que no le hicieran una ceremonia con salvas y banderas. Ardió, con la única compañía de su compañero y su jefe.

«No hagas preguntas», le rogué a Carter mientras el ataúd se aproximaba al fuego.

Y no las hizo.

Con el tiempo me arrepentí de muchas cosas. Me di cuenta de detalles que no advertí en su momento: su frase ante la casa de Margaret Clark, por ejemplo: «*Mais ça n'arrivera jamais*». Entonces la interpreté como un síntoma de la negatividad que demasiado a menudo nos acompaña a los detectives de homicidios. Sin embargo, tras los sucesos que solo Mason y yo conocíamos, comprendí su significado: ella sabía que no encontraríamos nada.

Todo adquirió una nueva noción. El pasado se transformó. Nuestra relación sufrió una brutal metamorfosis.

Me diagnosticaron una depresión post traumática severa, y me enviaron a casa. Y me fui, pero allí no encontré ni un solo segundo de calma. Intentaba no pensar, pero no pensaba en otra cosa.

Sam me ofreció ayuda, mejorar mis capacidades con el propósito de desterrar los malos recuerdos. Accedí de buen grado. Me hubiera agarrado a un clavo ardiendo a cambio de una brizna de esperanza. Me visitaba los lunes, miércoles y viernes, y la terapia, muy despacio, parecía ir dando sus frutos. Pero aún quedaba mucho por recorrer. El problema no residía en apartar los recuerdos dolorosos cuando estaba consciente, sino en evitar que se adentraran en mi mente cuando dormía o me quedaba absorto. Sam pretendía convertir mi cerebro en un catalogador, que pudiera ordenar los recuerdos en, digamos, carpetas: recuerdos buenos, malos, regulares... Unas funciones inalcanzables para una mente común, pero tal vez no para la mía.

Según el psicoanálisis, aferrarse a un recuerdo puede generar depresiones y, en casos extremos, una ruptura con la realidad. Y no podía permitirme llegar a tal extremo, quedar inútil. El mundo necesitaba a Jayden Sullivan persiguiendo asesinos, no enclaustrado en casa.

Intenté impedir que los datos internos del caso vieran la luz. Lo conseguí en parte; a muchos mandamases no les interesaba esconder lo que, al fin y al cabo, ellos veían como un éxito policial. Reforcé mi fama de gran detective y Mason obtuvo escasa notoriedad. La noticia alcanzó cierta popularidad, sí, pero el Lobo Feroz, con el tiempo, se convirtió en una mota de polvo en los anales de la historia. Me gustaba buscar en Google a los asesinos en serie más famosos de la historia, y no verle ni entre los cincuenta primeros. No obstante, si se supiera lo que solo él y yo sabíamos, si se conociera el plan maestro que confabuló con su hermana, con mi compañera, sin duda ascendería a los primeros puestos.

Mason acabó siendo un asesino de honor.

Cumplió con su palabra, aunque ello le restara méritos.

Me duché, me acicalé y me puse un chándal. Y esperé en el sofá a que llegaran.

«Has de aparentar felicidad —pensé ante la pantalla negra del televisor—. No merecen amargarse por tu culpa. Finge como hizo ella; ponte una máscara como hizo él. Sonríe y disfruta de un día con los tuyos. Te quieren y les quieres. No es tan difícil».

El telefonillo sonó.

Descolgué.

—¿Sí?

—¡Yoooooooo...! —gritó Megan como si se estuviera acabando el mundo.

Me sacaba una sonrisa incluso en los peores momentos.

—Voooooooy... —contesté, intentando parecer alegre.
Lo cierto es que me salió un «voy» tirando a mustio.

Observé las mesas de piedra sobre un césped aceitunado, bajo las sombras que daban las encinas y los robles. Eligieron un lugar que irradiaba sosiego. Rotze preparaba un tentempié mientras yo miraba cómo Megan y Mike lanzaban piedras a un pequeño lago, intentando, sin demasiado éxito, hacerlas rebotar sobre el agua. Y yo, mientras tanto, me sentía terriblemente inquieto.

—¿Cómo va la terapia, cielo? —me preguntó mi exesposa.

—Avanzando poco a poco.

—Me alegra escuchar eso —susurró con ternura.

—Saldré de esta. Siempre lo hago, ¿no?

—Fue una pérdida tremenda. Jo era tan buena...

Abrí los ojos.

Me gustaba recordar aquel momento. Habían pasado cinco años de aquel picnic, que consideraba un punto de inflexión en mi carrera.

Me coloqué de lado sobre la cama, abracé la almohada y pensé en Lindsay Martin —mi caso actual—, en su cuerpo tirado en un callejón de Queens.

«Encontraremos al desalmado que te disparó, Lindsay».

Volví a colocarme boca arriba.

«¿Un último retroceso antes de dormir?».

Cerré los ojos y me adentré en la escena del crimen de Lindsay Martin.

Made in the USA
Las Vegas, NV
26 August 2022

54100673R00085